# Sin hablar

Andrew Clements

*Ilustrado por Brian Selznick*

*Para mi hermano, Matthew Day Clements*

# Capítulo 1

## NI PALABRA

Dave Packer estaba en medio de su cuarta hora de silencio. También estaba en medio de su clase de ciencias sociales de una mañana de lunes de mediados de noviembre. Y el Colegio de Educación Primaria Laketon se encontraba en medio de una ciudad de tamaño mediano situada en medio de Nueva Jersey.

Había una razón para que Dave estuviera en medio de su cuarta hora de silencio, pero no es el momento de hablar de eso. Es el momento de hablar de lo que comprendió en medio de su clase de ciencias sociales.

Dave comprendió que lo de no hablar en el colegio era *súper* difícil. ¿El motivo? Los profesores. Porque a las 11.55 la señorita Overby dio dos palmadas y dijo:

—¡Clase!... ¡Clase! ¡Silencio!

Entonces miró su lista y añadió:

—Dave y Lynsey, es la hora de presentar el trabajo.

Así que Dave dirigió a Lynsey un asentimiento de cabeza y se levantó. Había llegado la hora de la exposición oral de su trabajo sobre la India.

Pero exponer ese trabajo arruinaría su experimento: él trataba de no decir palabra durante todo el día, de no despegar los labios hasta el mismísimo final de la jornada, de echar la cremallera hasta que sonara la campanilla por última vez a las tres y diez de la tarde. Y había decidido cerrar la boca por-que... pero todavía no es el momento de hablar de eso. Ahora es el momento de hablar de lo que hizo con el trabajo.

Dave y Lynsey se acercaron al frente del aula. Se suponía que Dave iba a empezar la exposición hablando de la historia de la India. Dave miró sus fichas, miró a la señorita Overby, miró a la clase y abrió la boca.

Pero no dijo nada.

Tosió. Dave tosió unos diez segundos seguidos. Después se pasó el dorso de la mano por la boca, miró sus fichas de nuevo, miró a la señorita Overby de nuevo, miró a la clase de nuevo, abrió la boca de nuevo y... volvió a toser. Tosió y tosió y tosió hasta que se puso como un tomate y se dobló por la cintura.

Lynsey seguía a su lado, impotente. Dave no le había contado lo de su experimento, así que ella

no podía hacer nada más que mirar… y escuchar aquella horrible tos. Lynsey nunca había tenido muy buena opinión de Dave, y la poca que le quedaba disminuía por momentos.

La señorita Overby sospechó lo que le pasaba al chico. Lo había visto otras veces: el nerviosismo por tener que hablar delante de la clase ponía enfermos a los alumnos. Pero se sorprendió, porque Dave no era tímido en absoluto. Nunca. De hecho, *ninguno* de sus alumnos de quinto de ese año demostraba la menor timidez ni el menor nerviosismo por tener que hablar en clase. Nunca.

Pero a la profesora le dio pena y dijo:

—Vete a beber un poco de agua, Dave. Ya veremos el trabajo después.

Lynsey lanzó a Dave una mirada de indignación y volvió a su pupitre.

Dave asintió con la cabeza en dirección a la señorita Overby, tosió unas cuantas veces más por si acaso y salió de clase a toda prisa.

Y ahora, mientras él echa un trago en el pasillo, es el momento perfecto para contar por qué estaba en mitad de su cuarta hora de silencio y por qué decidió guardar silencio, para empezar.

# Capítulo 2

# GANDHI

Cuando pasa algo, suele haber una explicación fácil. Pero esa explicación fácil casi siempre se deja algo en el tintero. De todas formas, aquí va: Dave había decidido pasarse todo un día sin hablar a causa de lo que leyó en un libro.

¿Ves? Muy sencillo, muy claro. Pero eso no es todo.

O sea, que aquí va algo más:

Dave y un compañero debían preparar un trabajo sobre la India; corto, solo unos cuantos datos básicos. Un poco sobre la historia, un poco sobre el gobierno, un poco sobre el territorio y la industria, un poco sobre los hindúes y su cultura. Para exponerlo en cinco minutos más o menos.

La compañera de trabajo que le tocó a Dave fue Lynsey Burgess, y a ninguno de los dos les hizo la menor ilusión: en el colegio Laketon había ciertos problemillas entre chicos y chicas, pero ahora no es el momento de hablar de eso.

Aunque el trabajo tuvieran que *exponerlo* juntos, ambos acordaron que *no* querían *prepararlo* juntos. Así que dividieron los temas por la mitad y cada uno de ellos se aplicó por su cuenta.

Dave era buen estudiante y encontró dos libros sobre la India, que sacó prestados de la biblioteca. No se leyó los dos, no del todo, no era *tan* buen estudiante. Pero leyó partes de ambos.

Lo que más le interesó fueron las partes sobre la independencia de la India, cuando se separó de Inglaterra para convertirse en un país libre… se parecía un poco a lo de Estados Unidos.

Y la persona que le resultó más interesante de la historia de la independencia de la India fue Mahatma Gandhi.

Le sorprendió mucho. Aquel hombrecito escuchimizado echó a todo el ejército británico de la India prácticamente él solo. Y sin usar las armas ni la violencia. Combatió con palabras y con ideas. Era una historia increíble, y era cierta.

En uno de los libros, Dave encontró esto:

*Durante muchos años, Gandhi
pasaba un día a la semana sin
pronunciar palabra, ya que
creía que le aclaraba la mente.*

Dave leyó este dato el jueves por la tarde y lo releyó el domingo por la noche mientras preparaba la exposición oral. Y se preguntó cómo sería eso de pasarse un día entero sin hablar. Y empezó a preguntarse si lo de no hablar le aclararía la mente a *él* también.

En realidad, Dave se preguntaba qué sería aquello de aclararse la mente. ¿Es que algo tan sencillo como no hablar te cambiaba el funcionamiento del cerebro? A Gandhi pareció irle bien, pero ¿cómo le sentaría a un chico normal y corriente de Nueva Jersey?

¿Le haría más… listo? ¿Conseguiría entender de una vez los quebrados? Si se le aclaraba la mente, ¿sería capaz de mirar una frase y *ver* cuál era el adverbio en lugar de suponerlo? ¿Y los deportes qué? ¿Podría alguien con la mente más clara jugar mejor al béisbol?

Buenas preguntas.

Así que decidió cerrar el pico y hacer la prueba.

¿Iba a serle difícil guardar silencio? ¡Tú dirás! Sobre todo al principio, como cuando llegó a la parada de autobús y encontró a sus amigos discutiendo de por qué los Patriots habían ganado a los Jets. Pero Dave aprendió rápidamente que con asentir con la cabeza y sonreír, con fruncir el ceño y encogerse de hombros, con menear la cabeza o subir el pulgar, o incluso con meterse las manos en los bolsillos de la cazadora y dar media vuelta, era posible guardar silencio. Y cuando iba en autobús hacia el colegio ya había pillado como apañárselas sin hablar.

Pues eso. Esto explica algo mejor de qué va todo. Y es posible que baste, al menos de momento. Pero hay más. *Siempre* hay más.

Y ahora volvamos a la clase del lunes con Dave, que pasaba el resto de sociales sin decir ni mu. Cuando sonó la campanilla, llegó la hora de comer de los de quinto.

Más de ciento veinticinco alumnos se dirigieron a todo correr a la cafetería y, al llegar, hablaban ya como locos; todos excepto uno.

# Capítulo 3

# INSULTOS

—¡Si tuvieras que cerrar la boca durante cinco minutos, apuesto a que te explotaba la tapa de los sesos!

Mientras se iba de la lengua, Dave pensó dos cosas.

La primera: "¡Maldita sea!", porque recordó que lo que intentaba hacer era no hablar en absoluto.

La segunda: "Seguro que Gandhi no hubiera dicho eso", porque muy bien no había sonado.

Pero Dave lo había dicho, y se lo había dicho a Lynsey Burgess, y tenía una razón para decírselo.

Así que es el momento de retroceder un poco para explicarlo.

Dave había resistido en la fila de la cafetería sin decir ni pío. Había señalado el plato de pizza y después había señalado el bol de macedonia. Había asentido a modo de "sí, por favor" y había meneado la cabeza a modo de "no, gracias". Había sacado leche del refrigerador y pasado como una flecha por donde la señorita Vitelli. Y había sonreído una barbaridad.

¿Sin hablar? Sin problema.

Después se sentó a la mesa con algunos amigos, como siempre. Pero, en lugar de meter baza en la conversación, puso cara de gusto y se embutió la comida en la boca.

¿Sin hablar? Sin problema.

Y como no hablaba, empleó todas sus energías en escuchar.

Escuchar en la mesa del comedor, *escuchar* de verdad, era una experiencia totalmente nueva para él, porque la mayoría de las veces Dave era un vocinglero.

¿Ves? Esta es otra de las características de Dave. Y da más sentido a su reacción con lo de Gandhi. Porque al ser él un vocinglero, un boquirroto de tomo y lomo, alguien como Gandhi, capaz de permanecer en completo silencio, tenía que fascinarle por necesidad.

Porque a Dave le encantaba hablar. Podía hablar y hablar y hablar sobre cualquier cosa: béisbol, coches, dinosaurios, rock, caza, rugby, snowboard, esquí acuático, libros preferidos, jugadores de fútbol, acampadas, piragüismo, PlayStation, Nintendo, Xbox, cómics, programas de televisión, películas… todo lo habido y por haber. Tenía una lista muy, muy larga de intereses y un montón de opiniones.

Además, cuando hablaba sentía que dominaba la situación. Era parecido a ejercer de agente de policía en medio del tráfico. Mientras hablara *él*, el tráfico iría por donde *él* quisiera. Lo que resultaba especialmente útil cuando empezaban a llover insultos. En lo referente a repartir cortes a diestro y siniestro, Dave era el rey.

Pero en esta hora de comer, los *demás* vocingleros se encontraron con la oportunidad de soltar la perorata.

Así que Dave masticó su pizza, bebió su leche y escuchó. Y después de uno o dos minutos empezó a escuchar a Lynsey Burgess, pero solo porque no pudo evitarlo.

Aunque estaba sentada detrás de él, en la mesa de al lado, y aunque en la cafetería había un buen alboroto, Lynsey tenía la voz aguda, de esas que cortan como una sierra de metales.

—… y entonces yo dije: "¿Estás de guasa?" y ella dijo: "¿Qué pasa contigo?" y yo dije: "Yo lo he visto primero", y así fue, y el color era ideal para mí, porque yo tengo el pelo castaño y el suyo es del rubio ratonil ese, pero resulta que su madre también estaba en la tienda, así que se lo llevó y se lo probó ¡y su madre se lo compro! ¿Te lo puedes creer? *Sabía* que yo quería ese jersey más que nada en el mundo, y va y se lo compra. Y, encima, el viernes después de clase, en el entrenamiento de fútbol, va y me *sonríe*, como si quisiera ser amiga mía o algo así. ¡Ja! ¿Te lo puedes creer?

No, Dave no se lo podía creer. No podía creerse que nadie fuera capaz de darle a la lengua a tal velocidad, ni de decir tantas palabras seguidas, ni de ser tan plasta y tan tonto-sonante, todo junto. Dio otro mordisco a la pizza y trató de no escuchar nada más, pero Lynsey solo había empezado a calentar.

—… y entonces, después del entrenamiento, va y me dice: "Ten, esto es para ti", ¡y me intenta *dar* el jersey! Así que yo aparto las manos como si intentara darme una mofeta podrida o algo así y le digo: "¿Tú te crees que yo quiero *eso*? ¡Esa cosa es tan espantosa que no me la pondría *ni muerta*!". Y ella dice: "Oh", como te lo digo, solo "Oh", y se marcha con el jersey. Pero ahora me arrepiento, porque de verdad que el color es ideal, y el tacto es de un suavecito…

Llegado a este punto, Dave no hacía más que desear un iPod, porque si hubiera tenido un iPod, y si no hubiera ido contra las normas del colegio, habría podido taponarse los oídos y subir al máximo el volumen. Lo que fuera para librarse del sonido de aquella voz.

—… porque intenté ponerme el jersey de lana pero me picaba tanto en el cuello que no lo aguanté ni un minuto, pero estuvo bien, porque entonces mamá encontró ese de cuello alto al fondo de mi armario, que yo ni me acordaba de que lo tenía, y era rosa, así que me lo puse debajo, y entonces el jersey me quedó estupendo, porque, oye, los dos colores combinan de maravilla, como la foto de una revista, casi. ¿Viste el *Ten People* de la semana pasada? ¿Dónde salían Jenna, Lori y Keith en una fiesta, como de Hollywood o algo así? Pues Jenna llevaba un jersey parecidísimo al mío de lana y llevaba de esos…

Y este fue el momento en el que Dave se olvidó completamente de lo de guardar silencio, se dio la vuelta y dijo casi a gritos:

—¡Si tuvieras que cerrar la boca durante cinco minutos, apuesto a que te explotaba la tapa de los sesos!

Y Dave se alegraba de haberlo dicho, aunque no estuviera bien, aunque hubiera significado el fin de su experimento. Porque, después de decirlo, Lynsey se calló.

Pero el silencio duró apenas tres segundos.

Lynsey dijo:

—¿Estás mejor de la *tos*?, porque me parece haber oído una vocecita quejumbrosa —ella y sus amigas miraban fijamente a Dave—. ¿Decías algo?

—Sí, decía —contestó Dave—. *Decía* que me apuesto a que si tuvieras que cerrar la boca durante cinco minutos, te explotaba la tapa de los sesos. Como un volcán. Del gas caliente que echas por la boca, mientras hablas y hablas y hablas y no dejas de hablar. Sí. Ya ves. Lo decía. Te lo decía a ti.

Lynsey ladeó la cabeza y miró a Dave como miraría un pájaro a un insecto que está a punto de engullir.

—Vaya, no sabía que hablar fuera *malo*. No veo que *tú* tengas problemas para parlotear y parlotear a todas horas. Te hemos *oído* todos.

Ella y las demás chicas asintieron e hicieron muecas.

—No —dijo Dave—, si hablar no es malo, si se tiene algo que decir.

Lynsey dijo:

—*Vaaaya*, por eso *los chicos* podéis decir cosas del tipo: "Eh, oye, ¿sabes que el tío tal va a jugar con el equipo cual, y que el tío cual va a jugar con el equipo tal?, y, eh, el año pasado le pegó súper bien y, ah sí, ¡es un crac!". Los chicos pueden hablar y hablar de esas cosas, pero las chicas no podemos hablar de ropa de vez en cuando, ¿no? ¿Es *eso*?

Dave dijo:

—No… pero yo no hablo como tú, como durante un millón de minutos seguidos sin parar. Y… y…

Dave se devanaba los sesos buscando algo realmente fuerte que decir, un remate en toda regla, algo para cerrarle la boca a Lynsey y poner punto final a la conversación, así que dijo:

—... y, además, ¡los chicos nunca hablan tanto como las chicas! ¡Nunca!

Por favor, mira con detenimiento lo que Dave acababa de decir.

Porque en ese grupo de quinto en particular, *eso* que acababa de decir era peligroso.

Y ahora es buen momento para hablar un poco más sobre los chicos y las chicas de quinto del colegio Laketon, para explicar por qué había sido tan mala idea decir *eso*.

Dave hubiera debido morderse la lengua.

Pero que bien mordida.

# Capítulo 4

# PIOJOS

Cuando el pequeño Dave Packer y los demás niños de su edad empezaron a ir juntos a preescolar, fue como si nuevos reclutas se alistaran en el ejército.

Y el preescolar era como un campamento militar de instrucción básica, salvo porque los profesores eran mucho más amables que los instructores militares.

Después de nueve largos meses en compañía, Dave y los demás reclutas consiguieron un permiso temporal: solo durante el verano. En septiembre tuvieron que re-alistarse para el primer curso.

Y después de primero, marcharon sobre segundo, y sobre tercero, y así sucesivamente, curso tras curso. Juntos. Algunos se trasladaron, y aparecieron algunos nuevos, pero Dave y los primeros reclutas de preescolar siguieron juntos, año tras año. Y crecieron. Juntos.

En casi todos los colegios de primaria, cuando un grupo llega a quinto curso los chicos han dejado de pensar que las chicas son unas piojosas y las chicas han dejado de pensar que los chicos son unos piojo-sos. Así debería ser, debería estar superado.

Para algunos grupos es fácil. Maduran algo más y aprenden que solo hay personas, y que algunas de esas personas son chicos y otras son chicas, y de pronto todos empiezan a llevarse bien, de persona a persona. Se acabaron los piojos.

Sin embargo, a algunos grupos de chavales se les pegan los bichitos más de lo debido. Los chicos re-huyen a las chicas y las chicas rehuyen a los chicos, y todos ven bicharracos por todas partes. Y, por des-gracia, eso era lo que ocurría con la mayor parte de los alumnos de quinto del colegio Laketon.

No obstante, los alumnos de quinto no utilizaban ya la palabra "piojoso": era cosa de críos. Usaban palabras como "memo" o "basto" o "inmaduro" o "plasta". Pero un piojoso sigue siendo un piojoso aunque se le cambie el nombre.

Y, lo que es peor, Dave y Lynsey eran el rey y la reina de los alumnos de quinto enganchados a los piojos. Dave demostraba tolerancia cero hacia las chicas; Lynsey, tolerancia menos-que-cero hacia los chicos.

Y *esta* es la razón por la que Dave debería haber-se mordido la lengua.

Ha llegado el momento de volver a la acción que se desarrolla en el comedor, porque cuando Lynsey oyó a Dave decir que "los chicos nunca hablan tanto como las chicas", se sintió como si hubieran insultado a todas las chicas del mundo, como si las hubiera abofeteado un chico memo, basto, inmaduro y plasta. Y además, recordaba muy bien lo que había dicho Dave sobre la explosión de su tapa de los sesos. Debido al gas caliente.

Lynsey no era la clase de persona que olvida y perdona un insulto. Era la clase de persona que lo recuerda. Y que se toma la revancha.

# Capítulo 5

# LA COMPETICIÓN

Lynsey entrecerró los ojos y bufó:

—¡Retira eso!

Dave se encogió de hombros.

—¿Que retire qué? ¿Que las chicas son unas cotorras con patas? Ni hablar… ¡porque lo son! Lo sabe todo el mundo.

Es una pena tener que dejar constancia de esto, pero Dave estaba convencido de lo que decía. Y a su ignorante pero creativa y joven mente se le ocurrió una idea.

Antes de que Lynsey o cualquier otra chica pudiera replicar, dijo:

—Y hay una forma de *probar* que las chicas hablan mucho más que los chicos. A no ser que a ti –e incluyo a las gritonas de tus amigas– te dé miedo competir.

—¿Miedo? —dijo Lynsey mirando a las chicas—. A nosotras no nos da miedo nada, aparte de que se nos pegue lo que te ha hecho a ti tan idiota.

Las chicas soltaron risitas, pero Dave, fascinado con su nueva idea, hizo caso omiso del insulto. Agitó las manos para acallarlas.

—Vale, pues este es el trato: pasarnos un día entero de colegio sin hablar. Ni en clase, ni en los pasillos, ni en el patio, ni en ningún sitio. Sin hablar ni pum. Y es una competición: chicos contra chicas. El equipo que menos hable, gana.

Lynsey hizo una mueca.

—¿Sin hablar? ¿En el colegio? Eso es imposible.

Un tanto para Dave. Él había pasado casi cuatro horas sin abrir la boca. En el colegio. Tenía cierta experiencia, sabía de lo que hablaba.

Sonrió con suficiencia y dijo:

—Quizá sea imposible para *una chica*, pero apuesto a que los chicos podemos. O, por lo menos, a que podemos hacerlo mejor que vosotras.

Lynsey contestó:

—Pero, bueno, ¿y si un profesor te señala y te hace una pregunta? ¿Entonces qué?

Dave le dedicó una sonrisa burlona y respondió:

—Siempre se puede… toser.

Lynsey se quedó con la boca abierta, y después miró fijamente a Dave:

—¿Has tosido así en sociales *a propósito*? ¡*Qué* inmaduro eres!

Dave se encogió de hombros.

—Era como una prueba. Y funcionó. Pero si todos los de quinto se ponen a toser en cuanto les pregunten… *entonces* no funcionará.

Lynsey resopló.

—Bueno, *yo digo* que la idea es… infantil. Tonta e infantil.

—Si no quieres, pues nada —dijo Dave—, era solo una idea. Quiero decir que entiendo que tengas miedo, como eres chica… y como *necesitas* hablar a todas horas… No pasa nada. Perdona la interrupción, sigue hablando con tus amigas. Era algo importante, ¿verdad? De el jersey ese tan especial, ¿no? Puedes seguir hablando, hablando y hablando todo lo que quieras. Y tus amigas también.

Lynsey apretó los labios y miró a Dave de hito en hito, con los ojos reducidos a rendijas.

—Eres el enano más plasta que… —se detuvo a medio insulto y cruzó los brazos—. De acuerdo —dijo—. Vamos a establecer las normas. Ahora mismo. Si un profesor nos habla, ¿qué hacemos?

—Contestar —dijo Dave.

—¿Con cuántas palabras?

Dave sonrió.

—Digamos que… con diez, en caso de que tú o alguna de tus amigas necesite contarle a una profesora los trapitos que se ha comprado.

—Deja de hacerte el gracioso; *no* tienes la menor gracia —dijo Lynsey—. Pongamos como máximo cuatro palabras. Si contestamos con más de cuatro seguidas, las otras restarán puntos.

Dave meneó la cabeza.

—Sigue siendo demasiado fácil. Que sean tres. Y cada palabra antirreglamentaria valdrá un punto... *en contra* de tu equipo.

—¿En serio? —dijo Lynsey—. Vaya, ¡menos mal que me lo has explicado!

—Entonces, ¿tres como máximo?

—Tres, y se puede contestar a los profesores o a la directora...

—... o a cualquier adulto del colegio —dijo Dave—. Como el conserje.

—O la enfermera —añadió Lynsey, que no pensaba dejar que Dave Packer dijera la última palabra sobre nada—. ¿Y las contracciones? —preguntó.

—¿Qué pasa con ellas? —dijo Dave.

—¿Cuentan como una palabra o como dos?

Dave no lo demostró, pero se quedó impresionado con la pregunta de Lynsey, le impresionó que fuera capaz de pensar si palabras como "al" o "del" podían causar problemas de puntuación en el marcador. Y también se impresionó consigo mismo, porque se le ocurrió cómo contestarle con otra pregunta:

—Si miras un diccionario, ¿encuentras la palabra "al"?

Lynsey asintió con la cabeza.

—Claro que la encuentras.

—Entonces es una palabra, una sola —dijo Dave—. ¿Alguna otra pregunta?

En ese momento le tocó el turno a Lynsey de disimular, porque la respuesta de Dave la impresionó. Seguía siendo *muy* plasta, pero su respuesta había estado bien y, además, había sabido explicarla. Pero no pensaba dejarse llevar por los buenos sentimientos. Dave seguía siendo un chico deprimente y desagradable que la estaba obligando a participar en una competición sin pies ni cabeza.

También es una pena tener que dejar constancia de esto, pero Lynsey era igual de orgullosa y de cabezota que Dave. Y como él la había empujado a esta contienda, ella se sentía obligada a devolverle el empujón, y vio la manera perfecta de hacerlo.

Se volvió y susurró algo a sus compañeras de mesa y, cuando todas asintieron, se volvió de nuevo hacia Dave, señaló a sus amigas y dijo:

—*Nosotras* queremos que la competición sea aún más difícil. A ver qué opinas: no hablar tampoco en casa. Ni en el autobús del colegio, ni en ningún otro sitio. No hablar en absoluto, salvo lo que hemos decidido. Ni siquiera a nuestros padres. Y vamos a poner que la competición dure *dos* días en lugar de uno, cuarenta y ocho horas seguidas. A menos que a ti te parezca demasiado *difícil*.

Dave se encogió de hombros.

—Vale, no hay problema. Solo que… ¿cómo vamos a llevar la cuenta de lo que tu equipo cotorrea en casa?

—¿Mientras tu equipo hace trampas, dices? —preguntó Lynsey—. Muy sencillo. Tendremos que seguir un código de honor. Es el único modo. Todos llevaremos la cuenta de nuestras propias faltas. Y las diremos. Con sinceridad. Lo único es que no sé si se puede confiar en los chicos. ¿Habrá oído hablar algún chico del código de honor? Yo *sé* que en las chicas se puede confiar.

—No te preocupes por nosotros —dijo Dave.

Lynsey irguió la cabeza.

—Entonces ¿cuándo empieza la competición? Las chicas pueden estar listas mañana. A la hora de comer. A menos que eso sea demasiado pronto para los chicos. ¿Hace falta más tiempo para que se organice tu equipo? ¿Una semana? ¿O mejor *dos*?

—Muy gracioso —dijo Dave—. Empezaremos mañana, martes. Al principio de la comida. Y no se acabará hasta el jueves… ¿hacia las doce y cuarto? Eso sería hacia la mitad de la hora de comer —Lynsey dijo que sí y Dave añadió—: Yo me encargaré del marcador de tu equipo y tú del de los chicos. Y sin trampas, ¿vale?

Lynsey contestó:

—Hecho —y extendió la mano.

Dave la miró como si estuviera cubierta de fango.

—¿Qué? —preguntó.

Lynsey arrugó la nariz.

—Es *repugnante*, pero tenemos que dárnosla… para que no te eches atrás.

Dave se la estrechó y a continuación demostró a todos lo bien que se la limpiaba en el pantalón, lo que desató grandes risotadas entre los cinco o seis chicos que habían presenciado la ceremonia.

Y mientras Dave daba media vuelta y formaba un corrillo con los chicos de su mesa, Lynsey hacía lo propio con las chicas de la suya.

La competición estaba en marcha.

# Capítulo 6

# TRABAJO DE EQUIPO

Los chicos con los que Dave comía eran sus mejores amigos. Después de explicarles las reglas, los miró y les dedicó una sonrisa llena de dientes.

—Es una competición guay, ¿eh?

Todd meneó la cabeza.

—Yo no pienso hacerlo, es una chorrada. ¿Quién quiere dejar de hablar? Además, es imposible, como ha dicho ella.

—¿Piensas que las chicas pueden dejar de hablar y los chicos no? —contestó Dave—. ¿Piensas rendirte sin luchar? ¿Es eso?

Todd dijo:

—Bueno, no… pero es una idea estúpida.

—¿Y qué? —dijo Dave—. Es una competición, y vamos a ganarla los chicos, ¿vale? Así que atentos. Lo primero es decírselo a todos los tíos. *Tienen que* apoyarnos en esto, todos. Tim Flanagan no ha venido esta mañana, así que yo me encargo de llamarle, por si mañana viene. Y que cada uno haga lo mismo, que piense en los que han faltado. Y si no sabe su número, que me llame a casa esta noche: mi madre tiene una guía escolar. Y hay que decírselo a todos los de quinto que estén aquí. Hoy. ¿Vale?

Jason dijo:

—Pero, oye, ¿no vamos a hablar nada? ¿Durante dos días? Es que… ¿cómo?

Dave se sacó una ficha del bolsillo. En el reverso de sus datos sobre la India escribió la palabra "Fácil". Luego sostuvo la ficha en alto para que todos la vieran.

Después dijo:

—¿He hablado?

—No —contestó Jason.

Dave dijo:

—¡Atención!

Meneó la cabeza.

Luego asintió con la cabeza.

Después sonrió.

Más tarde frunció el ceño y enseñó los dientes y gruñó igual que un perro.

—No he dicho nada, ¿no? Pero me he explicado. No hablar no significa más que… no hablar. Seguro que es divertido… y, aunque no lo sea, se trata de una *competición*. Contra las chicas. Y vamos a ganarla nosotros, ¿vale? Hay que practicar frases cortas. De tres palabras o menos.

Jim dijo:

—¡No me rayes!

Jason dijo:

—¡Hueles a choto!

Richard dijo:

—¡Mira el Superman!... oye, ¿Superman es una palabra o dos?

Y no paraban de llover frases, y cada chico competía por decir las más payasas.

—Tíos —dijo Dave—. Venga, tíos. Que solo nos quedan catorce minutos para la próxima clase. Casi todos los chicos de quinto están aquí, es el momento perfecto para decírselo a todo el mundo. Y me sienta como un tiro decirlo, pero las chicas nos llevan la delantera.

Los chicos chistaron y miraron a su alrededor.

Lynsey, Anna, Emily, Taron: todas las amigas que estaban sentadas a la mesa de al lado se habían desplegado por la cafetería y se dirigían a toda chica viviente. Y Hannah y Karin enfilaban hacia la puerta del patio.

Dave dijo:

—¿Todo el mundo sabe lo que ha de decir a nuestro equipo?

Los chicos se volvieron a mirarle y asintieron, con las caras ya mortalmente serias.

—De acuerdo, entonces —dijo Dave—. A por ello.

# Capítulo 7

# LOS INCALLABLES

Como Dave y Lynsey habían estado casi chillándose en medio de la cafetería, pensarás que un montón de alumnos de quinto habrían aguzado el oído y prestado atención al rifirrafe. Pensarás que un montón de los presentes se había enterado ya de la competición.

Pero si pensaras eso te equivocarías.

Y te equivocarías porque tú no sabes lo estruendosa, lo increíblemente atronadora que era la cafetería a la hora de comer de los de quinto. Y no solo ese día, sino *todos* los días.

Y no solo la cafetería a la hora de comer era un guirigay. En *cualquier* sitio en el que un grupo de estos alumnos de quinto se reuniera, la charla se desmandaba.

Por esta razón, es el momento de contar algo más sobre este grupo de alumnos en particular.

Porque hay más que contar. *Siempre* hay más.

El sistema escolar se parece un poco al ejército, ¿recuerdas? ¿De cómo el preescolar es semejante a un campamento de instrucción básica?

Porque en preescolar fue donde Dave y los demás reclutas aprendieron por primera vez las normas. Aprendieron cuándo sentarse y cuándo estar de pie, cuándo hablar y cuándo callar, cuándo andar y cuándo correr, cuándo comer, y echar la siesta, y jugar, y cantar, y dibujar y todo lo demás.

Porque los sistemas necesitan normas; sin normas no hay sistema.

Casi todas ellas tenían sentido para Dave y los nuevos reclutas, en especial las del estilo de estas: no pelear, no apabullar, no empujar, no escupir, no morder, no robar, no destrozar, no colarse, no tirar bolas de nieve, y demás.

Para la mayoría de los niños, las normas realmente serias como esas no eran un problema. Esas eran las fáciles.

Las correosas eran las del estilo de: "No correr por los pasillos".

Arduo.

"No alborotar en el autobús".

Igual de arduo.

"No comer caramelos ni chicle".

Muy arduo.

Pero en ninguna parte de las cuarenta y cuatro páginas del Manual del Colegio de Educación Primaria Laketon decía concretamente: "No susurrar, charlar, hablar, vociferar, chillar ni desgañitarse en clase, en los pasillos, en el auditorio o en el comedor".

Cierto, *había* una norma sobre prestar atención en clase; y *había* una norma sobre ser respetuoso; y *había* una norma sobre ser educado a todas horas.

Y Dave y sus compañeros obedecían esas normas, o al menos *pensaban* que lo hacían. Con la salvedad de que parecían pensar que podían hablar *y* ser educados al mismo tiempo, y que podían hablar *y* prestar atención a la vez.

Porque ninguno de ellos quería ser irrespetuoso ni desobediente ni maleducado *de verdad*, pero ninguno de ellos quería dejar de hablar. Nunca.

De hecho, este grupo de alumnos había sido apodado por los profesores del colegio Laketon, y cargaban con el mote desde que estuvieron juntos en primer curso. Eran "Los Incallables".

Si el Colegio de Educación Primaria Laketon hubiera sido de verdad como el ejército, entonces alguna vez, probablemente en segundo curso, Dave y Lynsey y todos los demás reclutas habrían sido alineados en el patio en una mañana fría y lluviosa, y un hombre de maneras bruscas con pelo corto y zapatos brillantes habría paseado arriba y abajo frente a ellos gritándoles a la cara. Y habría gritado algo similar a esto:

"¡ME ESTÁN VOLVIENDO *LOCO*! ¿Y ustedes se llaman *ESTUDIANTES*? ¡Son una BANDA DE MISERABLES! ¡Son GRITONES e INdisciplinados, y NO pienso tolerar esta ESCANDALERA! ¡Cuando pasen por MIS pasillos, no van a ALBOROTAR! ¡Ni SALUDAR ni CHILLAR ni AULLAR cuando vean a sus amigos! ¡En las reuniones de MI colegio, NO susurrarán ni soltarán risitas ni señalarán ni harán aspavientos ni se reirán con sus propias bromas estúpidas! ¡Y MI comedor NO es lugar para ferias de boceras y bocazas desatados! ¡La hora de la comida es la hora de SENTARSE y CALLARSE y COMER! ¡A ustedes, MONSTRUITOS bocas sueltas, les voy a enseñar yo buenas MANERAS escolares aunque sea LO ÚLTIMO QUE HAGA! ¿ME HE EXPLICADO CON CLARIDAD?".

"¡SÍ, SEÑOR!".

"¡MÁS BAJO!".

"¡Sí, señor!".

Pero, por supuesto, el Colegio de Educación Primaria Laketon no era el ejército.

Sin embargo, con la señora Abigail Hiatt al mando, a veces lo parecía. Era esta una mujer alta de cara larga, pelo gris y rizado y brillantes ojos azules que llevaba trece años como directora del Colegio de Educación Primaria Laketon.

Daba órdenes precisas, establecía objetivos claros y pedía resultados a sus profesores, a su personal de secretaría, a sus conserjes, a sus empleados de la cafetería y a sus alumnos, padres incluidos. Su colegio nunca se salía del presupuesto, nunca fallaba en sus objetivos académicos y nunca era relajado ni descuidado ni desordenado.

Bajo la atenta mirada de la señora Hiatt, grupos y grupos de niños habían invadido el Colegio de Educación Primaria Laketon como desorientados alumnitos de preescolar y, seis años después, habían salido marcando el paso como jóvenes alumnos perfectamente disciplinados. Bajo el mandato de la señora Hiatt, el lugar marchaba como un reloj.

Y entonces llegaron los Incallables. En todos sus años de directora no había conocido jamás a un grupo así.

Y, durante los cinco años anteriores, la señora Hiatt había intentado hacerles obedecer la norma escolar más sencilla de todas: no hablar, salvo cuando estuviera permitido.

Año tras año se habían enviado notas a casa de los padres de Dave y sus condiscípulos comunicando lo que gritaban en los autobuses escolares.

Año tras año se había dicho al curso de Dave cómo debía comportarse en las asambleas.

Año tras año todos sus profesores habían estado en los pasillos intentando disminuir el nivel sonoro antes y después de clase y, en especial, a la hora de comer.

El grupo había dispuesto de una hora de comer para él solo durante los tres pasados años: hora de comer de tercero, hora de comer de cuarto y, este año, hora de comer de quinto. Había sido idea de la señora Hiatt. No quería que el ruidoso comportamiento de aquel grupo infectara a los demás niños de su colegio. Porque año tras año, los Incallables hacían honor a su mote.

Y a decir verdad, algunos profesores de quinto de ese año ya habían tirado la toalla. Habían perdido la esperanza de reformarlos. Se limitaban a sobrellevarlo. Ya estaban en noviembre: en seis meses los Incallables desaparecerían de sus vidas para siempre, pasarían a secundaria, y al año siguiente el Colegio de Educación Primaria Laketon sería más tranquilo. *Mucho* más tranquilo.

Pero la señora Hiatt no se había rendido, ni mucho menos. Aún le quedaba medio año con esos niños y pensaba aprovechar el tiempo.

Todos los días acechaba en el pasillo de los de quinto.

—¡Eh, alumnos de quinto, a callar!

Y en todas las reuniones vigilaba.

—Y no quiero oír ni un susurro de nuestros alumnos de quinto, ¿entendido?

Y en todas las comidas de quinto paseaba por la cafetería con un gran megáfono de plástico rojo, y cuando el estruendo se volvía insoportable, apretaba el gatillo y bramaba:

—¡ALUMNOS! ¡MÁS BAJO, POR FAVOR!

La señora Hiatt estaba segura de que aquel recordatorio constante tenía que influir en aquellos niños… ¿cómo no? Después de todo, eran buenos chicos… ¿verdad? *Tenían que* hacer progresos… ¿no?

Sabía que estaba siendo muy severa con ellos, pero era por su bien. Y estaba segura de que, más tarde o más temprano, aquellos niños madurarían un poco… y se tranquilizarían un montón.

Y ya es hora de contar lo que pasó en mitad del segundo martes de noviembre durante el último curso de Dave Packer en el Colegio de Educación Primaria Laketon.

Faltaban unos minutos para la comida de los de quinto y la directora ya estaba preparada, como siem-

pre. La señora Hiatt había comprobado que la profesora encargada de vigilar la hora de comer no estuviera enferma o en una reunión, porque no era bueno tratar de controlar una sola las comidas de quinto.

Y, como siempre, ordenó al señor Lipton, el conserje, que se quedara en la cafetería hasta las 12.40, porque con este grupo, cuantos más adultos hubiera, mejor.

Y la señora Hiatt había revisado dos veces las pilas de su megáfono de plástico rojo, porque no era conveniente tener un megáfono inservible durante las comidas de quinto.

Entonces sonó la campanilla, y mientras las puertas de las aulas del pasillo de quinto se abrían, la señora Hiatt los oyó acercarse, a todos, llamándose unos a otros mientras las taquillas se abrían con estrépito y se cerraban con portazos, hablando a leguas por minuto, riendo y armando jolgorio y gritando, corriendo en tropel por el pasillo hacia la cafetería, una ola incallable de energía y excitación y ruido… *¡tanto ruido!*

La señora Hiatt tomó posiciones en el centro de la cafetería y se preparó. Estaba lista para librar la batalla del comedor de ese día, lista para transformar el caos en orden, lista para cualquier cosa que esos niños dispusieran servir.

Pero nada podía prepararla para lo que estaba a punto de pasar.

# Capítulo 8

# CIENCIA FICCIÓN

Ya llevaban cuatro minutos de la hora de comer de quinto, y la señora Hiatt estaba segura de que, de un momento a otro, su despertador iba a hacer ese horrible sonido: ¡BRRIIP! ¡BRRIIP! ¡BRRIIP! ¡BRRIIP!

Porque la directora estaba casi segura de que aún se encontraba en casa, metida en su confortable cama, soñando. Debía de estar soñando. Pero no, al mirar su reloj descubrió que marcaba la misma hora que el gran reloj de pared de la cafetería del colegio: las 12.04.

Cualquier otro día, la señora Hiatt ya habría usado su megáfono al menos una vez, porque cuando la mitad de los de quinto estaba en la fila de la comida y la otra mitad esperaba en la fila de la leche o corría hacia sus mesas, había siempre una terrible explosión de chillidos y berridos y parloteo salvaje, más o menos como en la hora de dar de comer en el zoológico.

Hoy no.

No se oía ni una mosca. Ni una palabra. Ciento veinticinco niños pululaban por el comedor y ninguno de ellos decía ni pío.

Hoy la directora podía oír el runruneo del gastado motor del refrigerador de leche. Y podía oír al personal de cocina hablando bajito entre ellos. Y podía oír los pies de los niños sobre el suelo de baldosas, arrastrándose al avanzar por las filas.

El silencio casi le dio miedo. Se sintió como si estuviera en una terrorífica película de ciencia ficción.

En realidad, le gustaba ver una buena película de terror de vez en cuando, pero no le gustaban nada las ideas que la asaltaban en ese momento. Porque daba la impresión de que unos alienígenas habían poseído a esos alumnos de quinto y les habían lavado el cerebro. O quizá que alguna extraña criatura les había mordido la lengua a todos, dejándoles tan solo unos muñoncitos incapaces de emitir sonidos.

La directora sintió un escalofrío. Entonces notó que una alumna la miraba con atención y supuso que la expresión de su cara debía de ser muy rara.

Mientras la chica se sentaba con su bandeja de comida, la señora Hiatt se obligó a sonreír y dijo:

—Hola, Sheila. ¿Cómo estás?

Su voz casi despertó ecos en el silencioso comedor.

Todos los chicos de la fila de la leche se dieron la vuelta y miraron fijamente a Sheila. Las chicas también se volvieron y la observaron.

Shelia tragó saliva, dedicó una sonrisa nerviosa a la directora y, hablando bajo y despacio, contestó:

—Bien, gracias.

La señora Hiatt se volvió hacia la fila de la leche y los chicos desviaron la mirada. En silencio.

Y una vez más, la directora sintió que había caído en medio de una película de ciencia ficción.

De pronto parecía idiota estar allí plantada en una sala silenciosa con su enorme megáfono de plástico rojo. De modo que se dirigió hacia la puerta del patio, donde se encontraba la señorita Escobar. Trató de parecer lo más natural posible, trató de comportarse como si fuera absolutamente normal que en el comedor reinara aquel silencio abrumador, salvo por el traqueteo de los platos y los crujidos de los zapatos sobre las baldosas.

La directora dejó el megáfono en el suelo, junto a la pared, y le susurró a la señorita Escobar:

—¿Qué demonios pasa aquí?

La señorita Escobar susurró en respuesta:

—No tengo ni idea, pero es rarísimo, desde luego.

A la señora Hiatt no le gustaba nada lo que sentía, y sentía que estaba pasando algo extraño, algo nuevo. Y esa nueva actividad se desarrollaba en su colegio, y nadie le había pedido permiso. Esa nueva actividad no estaba autorizada.

Sintió que no es que simplemente le *gustara* estar al mando de su propio colegio, es que *necesitaba* estarlo.

Y por eso sintió que debía decir algo, hacer algo, romper el hechizo. Así que se alejó de la pared y dijo en voz alta:

—Buenas tardes, alumnos de quinto. ¿Están disfrutando de la hora de comer?

Los alumnos se miraron unos a otros. La estancia en pleno pareció respirar hondo, y casi todo el mundo contestó:

—Sí, señora Hiatt.

Y luego, mutismo absoluto.

Después de unos incómodos segundos la directora dijo:

—Qué silencio hay hoy. Me… impresiona. Este buen comportamiento.

Algunos sonrieron, otros asintieron con la cabeza, pero nadie dijo esta boca es mía.

La señora Hiatt preguntó:

—¿Hay alguna razón especial para que todo el mundo guarde silencio hoy?

El comedor siguió mudo. Hasta las masticaciones se detuvieron.

Ninguna mano se levantó, nadie contestó a su pregunta.

Pero la señora Hiatt era muy observadora, y en aquella quietud repentina advirtió algo. Justo después de formular la pregunta, casi todos los chicos habían mirado a Dave Packer, que estaba de pie junto al refrigerador de la leche. Y casi todas las chicas habían echado un rápido vistazo a Lynsey Burgess, que estaba sentada a una mesa.

Y la directora pensó: "Qué raro".

Pero toda la situación era extraña. Muy extraña. Y ahora parecía que el comedor se había quedado en completa quietud, como si los alumnos hubieran dejado hasta de respirar.

Todos esperaban a ver qué hacía a continuación.

Después de unos segundos más de suspense la señora Hiatt se aclaró la garganta y dijo:

—Bueno, alumnos, a disfrutar del resto de la hora de comer.

Y la cafetería volvió a la vida, pero muda.

# Capítulo 9

# LA PALABRA ADECUADA

Mientras se sentaba a una mesa con sus amigos, Dave Packer no lograba borrar la sonrisa de su cara. Se estaba divirtiendo tanto que apenas podía masticar su primer bocado de sándwich de queso. Y en ese preciso momento no quería masticar porque masticar hacía ruido, y cuando mascaba no podía escuchar el silencio.

El *silencio...* Dave pensó que era asombroso.

¿Y ver los intentos de la señora Hiatt por descubrir lo que pasaba? Eso también era asombroso. Era como si la hubieran encerrado en un campo de fuerza, y no podía escaparse porque el silencio lo llenaba todo.

Dave miró a su alrededor y vio el mismo asombro en las caras de otros chicos. Todos pensaban en lo mismo. Juntos.

Entonces, súbitamente:

—¡Eh, tú, devuélveme eso!

Hubo un jadeo colectivo al inspirar aire de golpe todos los chicos y las chicas del comedor, y todas las cabezas se giraron para ver de dónde procedían aquellas palabras.

Y allí, junto al congelador del los helados, estaba Ed Kesey, con una mano sobre la boca y la otra tendida hacia el polo de cereza que Bryan Del Greco le acababa de arrebatar.

Dave dio media vuelta y miró a Lynsey.

Lynsey sabía que era el centro de atención, pero no se dio por enterada. Rebuscó lentamente en su bolsillo trasero, sacó lentamente un bolígrafo y un cuadernito rojo, abrió lentamente la tapa y, lentamente, hizo cuatro marquitas rojas en la primera hoja.

Y, mientras cerraba el cuaderno, miró a Dave a la cara y le sonrió de oreja a oreja.

Así de fácil, las chicas iban ganando por cuatro puntos.

Pero Dave no se preocupó. La competición no había hecho más que empezar. Aún quedaban dos días enteros.

Estaba absolutamente seguro de que las próximas cuarenta y ocho horas iban a ser muy… *interesantes*. Y pensó: "¿Será esa la palabra adecuada? ¿No será más bien… *alucinantes*? No, mejor… *emocionantes*. ¡Eso es, *emocionantes*!".

Entonces se le ocurrió mirar a la señora Hiatt. Y, por la expresión de su cara, vio que se había enterado de todo: la forma en que Ed había gritado esas palabras y se había tapado después la boca, la reacción de los demás, las marcas de Lynsey en su cuaderno.

Y en ese preciso momento la directora se giró y su mirada se encontró con la de Dave. Le miró fijamente, con las cejas amontonadas en apretado nudo.

Dave bajó rápidamente la vista hacia su bandeja y, mientras lo hacía, se le ocurrió de sopetón otra palabra. Y estaba seguro de que también esa palabra describiría bien los dos días siguientes: *peligrosos*.

# Capítulo 10

# RECREO

La señorita Marlow era la profesora de ciencias de quinto curso, y ese día le tocaba vigilar el recreo. Mientras engullía una comida rápida en la sala de profesores, el señor Lipton, el conserje, asomó la cabeza por la puerta y dijo:

—¿Alguien quiere ver un milagro? Pues que venga a la cafetería. Los de quinto no hablan, ni murmuran siquiera. Aquello parece un funeral.

Pero la señorita Marlow no podía perder ni un segundo. Acabó de comer, agarró el abrigo y se dirigió rápidamente al patio, atravesando el gimnasio.

Incluso sin la advertencia del conserje, no hubiera tardado mucho en darse cuenta de que había algo distinto en el recreo de hoy. Todos los profesores reconocían el sonido de un recreo normal y corriente: chicos hablando y gritando y persiguiéndose, y discusiones sobre quién juega y quién no juega y quién corre más.

Hoy no. La señorita Marlow notó que faltaba una capa de sonido oral. Ida. Desaparecida.

Salvo que… no del todo. Porque los alumnos sufrían ciertas meteduras de pata durante su primer recreo sin palabras.

Allie Bedford fue descubierta susurrándole a Lena Henderson junto a los columpios, y cuando un grupo de chicos se detuvo a su lado y la señaló, ella alzó ocho dedos para comunicar las palabras antirreglamentarias que había pronunciado.

Christina Farley no tuvo que confesar, porque la mitad de los alumnos del patio oyó exactamente lo que dijo, alto y claro. Estampó un pie contra el suelo, le sacó la lengua a Rachel Morgan y gritó:

—¡Eres una amiga horrible, y mientes, y eres una egoísta, y me importa un pito cuántas palabras he dicho! ¡Y además, eres *mala*!

Lo que hacía un total de veintitrés palabras.

La pifia de Christina más las ocho palabras susurradas de Allie significaban que Dave llevaba treinta y un puntos en contra de las chicas en su marcador oficial, aunque no fuera tan elegante como el cuaderno rojo de Lynsey; lo suyo solo eran un par de fichas dobladas y metidas en el bolsillo.

Pero los chicos tampoco guardaban un mutismo perfecto.

Scott Vickers mandó de una patada una pelota de kickball a la línea de la tercera base, y cuando dos chicos hicieron el movimiento de "lanzamiento nulo", chilló:

—¿Nulo? ¡Están locos! ¡Ni hablar! ¡La pelota ha sido buena!

Y Scott hubiera seguido chillando, pero Bill Harkness le hizo un placaje y le plantó una mano sobre la boca, que Scott mordió, pero no con fuerza suficiente como para soltar unas cuantas palabras más.

Este incidente les costó a los chicos diez puntos.

Y entonces se presentó el primer caso de artimaña descarada. Katie Edison se acercó sigilosamente por detrás a Jeremy Stephens, que estaba de pie junto al tobogán, le dio unos golpecitos en el hombro y, cuando él giró la cabeza, le atizó un enorme y ruidoso beso en la mejilla.

Jeremy aulló y se limpió la cara y sufrió un ataque de piojitis.

—¡Eeeh, PUAJ! ¿Por qué has hecho eso? *¡Qué asco!* ¡PUAJ! ¡Que alguien me ayude a quitarme esto de la cara!

Lo que fueron veinte puntos más a favor de las chicas. Además, a Katie le encantó su ataque a traición: hacía meses que estaba chiflada por Jeremy.

Aunque solo había algunos estallidos de palabras, allí fuera no reinaba precisamente el silencio, y, cuanto más se acercaba el final del recreo, menos. Eso se debía a que todo el mundo empezaba a percatarse de que aquello no era una competición para ver quién era más silencioso. Solo se trataba de no hablar. Los sonidos estaban permitidos, mientras no fueran palabras.

Dave, que se encontraba junto a la puerta del gimnasio, empezó a silbar, y otros cuatro chicos se le unieron al instante. Silbaban todas las canciones que se les ocurrían: *Rema, rema, rema tu barca*, *Ahora me sé el ABC*, *El puente de Londres se desploma*, el tema de *La guerra de las galaxias*, *El viejo MacDonald tiene una granja*, *He trabajado en el ferrocarril*, *Rubber Ducky*, etcétera. Desafinaban pero, a pesar de eso, fue una gran representación, con montones de aplausos y pitidos entre melodías.

Hacia la mitad del concierto de silbidos, seis o siete chicas se pusieron a gritar. No la clase de gritos que hacen que los adultos se acerquen a todo correr, sino solo un feo surtido de chillidos y aullidos y alaridos que todos los demás encontraban muy plasta. Espaciadas por el borde del patio, las chicas lanzaban sus agudos sonidos por aquí y por allá como una pelota de playa por un estadio de béisbol:

—¡IiiiOuuu!

—¡UuuGuii!

—¡GuuUuuj!

—¡Yiiyiiyiiyiii!

Hacían mucho ruido, pero no hablaban.

Otras chicas estaban saltando a la comba pero, como no podían cantar las tonadillas, las que no saltaban o giraban la cuerda marcaban el ritmo con palmadas.

La actividad más silenciosa procedía de un grupo de chicas que se había agenciado un folleto sobre el lenguaje de signos. Estaban sentadas en círculo en el suelo del patio y practicaban las señas con las manos.

Y para redondear el paisaje sonoro, Bradley Lang y Tyler Rennert daban vueltas por el patio molestando a tantas chicas como podían con todo tipo de sonidos vocales: clics, pops, roars, cuacs, guaus, burps y, sobre todo, esos fuertes ruidos de cuarto de baño que se reproducen poniéndose las palmas de las manos sobre la boca, inflando los carrillos y soltando una ráfaga de aire.

La señorita Marlow vio que había mucha actividad, pero las voces agudas de los patios, el runrún y las charlas y las llamadas, todo eso faltaba. No había error posible: esos chicos no hablaban, lo que era raro en cualquier grupo de escolares. Y en este grupo de escolares en particular, el conserje lo había definido bien, era prácticamente un milagro.

¿Pero por qué? Debía haber una razón para que todos se comportaran de aquella manera. Y como persona de ciencias, la señorita Marlow era curiosa.

Así que, mientras estaba allí pensando, empezó a cambiar su plan de clase. Porque dentro de unos diez minutos, veintiséis de esos alumnos de quinto se habrían sentado en su aula para dar la clase de ciencias.

Y no había nada que a la señorita Marlow le gustara más que un buen experimento.

# Capítulo 11

## PREGUNTAS Y RESPUESTAS

En todos sus años de enseñanza, diecisiete en total, la señorita Marlow nunca había entrado en una clase tan silenciosa. Era una nueva experiencia para ella.

También lo era para los alumnos.

Dave observó a la profesora mientras ella se dirigía al frente de la clase y abría su libro de asistencia. La profesora miró la lista de nombres del libro, recorrió con los ojos las filas del aula, miró el libro de nuevo y dijo:

—Pensaba que me había equivocado de clase. Qué tranquilidad hoy, ¿no? ¿Puede alguien decirme por qué?

Ninguna mano se levantó.

Pero la señorita Marlow estaba pendiente de cualquier cosa que pudiera proporcionarle alguna pista sobre aquel extraño comportamiento. Y después de preguntar vio que algunos alumnos se miraban entre sí tímidamente y notó que algunos de ellos intentaban disimular una sonrisa. Sabía lo que significaban esas miradas y esas sonrisas: intentaban guardar un secreto.

Había llegado la hora del primer experimento.

Después de pasear la mirada por la clase, la señorita Marlow clavó los ojos en Seth Townsend, sonrió y dijo:

—Seth, ¿has hecho tus deberes de ciencias?

Sin dudar, Seth le devolvió la sonrisa y contestó:

—Sí, los hice.

La señorita Marlow miró a Amy Gilson y dijo:

—¿Y tú, Amy?

Amy asintió y dijo:

—Eran difíciles.

—¿De verdad? ¿Qué crees que era lo más difícil?

Amy arrugó la cara y contestó:

—Las muchas matemáticas.

Su respuesta desató un montón de asentimientos y unas pocas risas, pero después se reanudó el silencio.

La señorita Marlow no salía de su asombro al ver lo maravillosamente que se comportaban aquellos chicos. El día anterior sin ir más lejos, al formular una pregunta a uno de ellos, cerca de una quincena espetó respuestas, y después la clase entera empezó a discutir, y aquello se convirtió en una batalla campal a la que tuvo que poner freno golpeando un libro contra su mesa. Con esa clase, y con las otras clases de quinto, siempre pasaba igual.

Pero hoy no. Nadie hablaba… a menos que se le preguntara.

Lo que le dio una idea.

—Por favor, que cada uno saque sus trabajos.

Hubo mucho trajinar y mucho crujido de papeles mientras los alumnos obedecían.

—Y ahora —dijo—, Ellen, mira el problema número uno. ¿Cómo has sabido si las cantidades dadas eran razonables?

Ellen hojeó los papeles, y la expresión de su rostro sorprendió a la señorita Marlow: parecía amedrentada.

Era una pregunta estándar sobre los problemas de ciencias, una pregunta a la que toda la clase estaba acostumbrada, pero la chica parecía totalmente confundida. La profesora vio que había hecho los deberes. Además, Ellen era una de sus mejores alumnas. ¿De qué tenía miedo?

Después de algunos instantes de lo que semejó absoluto pánico, Ellen se calmó. Entonces, muy despacio, dijo:

—Las cifras… funcionan.

La señorita Marlow esperó el resto de la explicación, pero no llegó.

—Bien… —dijo—, y…

—Hice… cálculos —dijo Ellen. Contestó otra vez lentamente y luego hizo otra larga pausa.

—Y… —animó la profesora.

—Usé las… matemáticas.

La señorita Marlow asintió.

—Claro que usarías las matemáticas, pero yo quiero escuchar el *procedimiento*, exacatamente tus *razonamientos*.

Ellen respondió:

—Hice comparaciones.

Frustrada, la señorita Marlow se giró hacia el otro lado del aula.

—Dave, dinos la solución que has hallado para el problema uno. Y explícanos tu *procedimiento*.

Dave no pareció amedrentado, pero él también se tomó mucho tiempo para responder… demasiado para el gusto de la señorita Marlow.

—Es para hoy, señor Packer.

Lentamente, Dave dijo:

—Cuatrocientos cuarenta.

—¿Cuatrocientos cuarenta qué? —azuzó la señorita Marlow.

—Barriles de petróleo —contestó Dave. Lentamente.

—Al… —dijo la señorita Marlow.

Dave contestó:

—Al… día.

—Mal —dijo la profesora—. Mira tu trabajo y dime lo que has olvidado.

Estaba perdiendo la paciencia.

Dave frunció el ceño y miró su hoja entrecerrando los ojos. Asintió y dijo, muy despacio:

—Huy… el primer día.

Una oleada de risitas barrió la clase: risitas de chica.

La señorita Marlow dijo bruscamente:

—¿Desde cuándo tienen gracia las respuestas incorrectas?

Y pensó: "¿Se están haciendo los idiotas? ¿Es eso?".

Pasara lo que pasase, no le gustaba. Era perjudicial. Estaba entorpeciendo su clase. Era irritante.

Y, de repente, la señorita Marlow perdió las ganas de jugar. Iba a acabar con aquello. Si esos críos querían silencio, eso era lo que les iba a dar.

Miró de hito en hito a la clase.

—Bien, recogeré esos papeles. ¡Vamos!

Todos obedecieron sin pronunciar palabra.

—Capítulo cuarto del libro —dijo secamente—. Los deberes están en la pizarra.

Los siguientes treinta y cuatro minutos de clase de ciencias transcurrieron en completo silencio, salvo por el crujir de papel y alguna tos o algún sorbido de nariz ocasional.

Sentada a su mesa, la señorita Marlow tuvo que admitir que disfrutaba de la quietud, disfrutaba de no tener que luchar cada segundo en la batalla de la boca con esos críos. Los Incallables estaban completamente callados, perfecto, y muy misterioso.

Pero la profesora de ciencias no había progresado en su intento de descubrir a qué se debía el comportamiento de los chicos.

Dave sintió algo en el brazo y después algo que le caía por la pierna. Era una nota.

Echó un vistazo a la profesora. Sin moros en la costa. Se agachó despacio, recogió la nota y la desdobló.

*Has dicho: "Huy, el primer día".*
*Huy cuenta como una palabra.*
*O sea, has dicho cuatro, ¡tú les cuestas*
*a los chicos un punto enterito, perdedor!*
*¡Ja, ja!*
*Lynsey*

Dave sabía que Lynsey estaba dos filas más atrás, a su izquierda. Y sabía que estaba esperando a que se volviera para dedicarle una sonrisita asquerosamente dulzona.

De modo que no se volvió, pero sintió que se le enrojecían las puntas de las orejas. Y empezó a pensar en el millón de cosas que le apetecería decirle, todas insultos inteligentes del tipo:

"Si los sesos fueran pasta, estarías arruinada" o "Guau, ¡sabes contar hasta cuatro!" o "Tengo una tortuga que…".

—Señor Packer, tráigame eso.

Dave respingó y levantó la vista para encontrarse con que la señorita Marlow le miraba fijamente, con la mano extendida.

Poniendo su mejor cara de inocencia, Dave dijo:

—¿El qué?

—La nota. Tráigamela.

Mientras Dave se acercaba y dejaba caer la nota en la mano de la profesora, la campanilla sonó.

La señorita Marlow se metió el papel en el bolsillo y se levantó rápidamente porque, cuando sonaba la campanilla, tenía que salir corriendo al pasillo para mantener la ley y el orden entre clase y clase.

Pero, por supuesto, no había necesidad de policía de pasillo, hoy no. La señorita Marlow vio a los alumnos de quinto cambiar de aula, sonriendo, saludando con la mano, haciendo muecas, asintiendo con la cabeza. Hubo unas cuantas risas y unos silbidos, y oyó a Tyler Rennert soltar un fuerte resoplido en dirección a un grupo de chicas, pero nadie habló.

Al dirigir la vista al otro lado del pasillo, cruzó la mirada con la señorita Escobar, y ambas sonrieron y se encogieron de hombros. Y como no había necesidad de patrullar, la señorita Marlow rebuscó en su bolsillo y sacó la nota incautada. Y la leyó.

Para una persona lógica como la señorita Marlow, la nota de Lynsey para Dave fue como la piedra de Rosetta, la clave para ayudarla a comprender lo que había visto y oído en el patio y en clase.

Así que… todo aquello consistía en algo relacionado con contar palabras. Si las palabras eran más de tres había penalización, lo que explicaba la serie de respuestas cortas de Ellen y Dave. Y competían chicos contra chicas… nada nuevo en eso, no con este grupo. Y todos trataban de guardar silencio.

La profesora recordó el juego de "la maldición" de sus años de colegio: cuando dos personas decían la misma palabra al mismo tiempo, tenían que quedarse calladas. Quizá era algo así.

Pero esto no era entre dos personas. Era entre ciento veinticinco de los críos más habladores del planeta Tierra.

Al ir encajando las piezas del rompecabezas, la señorita Marlow pensó de inmediato:

"¡A los otros les va a encantar!".

Se refería a los otros profesores.

Pero entonces su curiosidad científica entró en acción y pensó:

"¿Y por qué fastidiar el experimento de los chavales? Además, conviene que los otros se acostumbren a averiguar las cosas por su cuenta. Y mis conclusiones preliminares pueden ser erróneas, por supuesto. Sin duda alguna, debo reunir más datos antes de exponer mi teoría ante la comunidad escolar".

Y mientras la señorita Marlow se reía por lo bajo de su broma privada, se dijo:

"¡Críos!".

# Capítulo 12

# ADIVINANZAS

El martes por la tarde en el pasillo de quinto hubo un desafío para todo el mundo.

La señorita Akers entro en el aula de música, se sentó al piano, sonrió y dijo:

—Vaya, qué bien nos estamos comportando esta tarde, ¡es maravilloso! Y ahora, por favor, abran sus libros de canciones por *Esta tierra es tu tierra.*

Mientras tocaba la introducción en el piano, dijo:

—Espaldas rectas, sonrisas amplias, respirad hondo y…

Nadie cantó.

El piano se detuvo a medio compás y la señorita Akers miró ceñuda a la clase.

—Sé que se puede hacer mejor.

Empezó de nuevo la introducción, marcando el ritmo.

—Uno, y dos, y tres: "Esta tierra es tu tierra, esta tierra…".

La profesora se detuvo. Estaba cantando un solo, y su voz alta y temblorosa provocó risitas.

Frunció el ceño de nuevo.

—Ya está bien, alumnos. Esto no tiene gracia. Y está mal. Nos quedan menos de dos semanas para la función de Acción de Gracias, y no podemos perder el tiempo con tonterías.

Señaló por la clase con una uña rosa chillón.

—Brian, Tommy, Anna, ¡todos! ¡Quiero oír la canción!

Aporreó la introducción de nuevo y la clase en pleno cantó:

—Esta tierra es…

Y se detuvo.

El piano siguió adelante y la señorita Akers chilló:

—¡Vamos!

Y la mayoría de los niños saltó a:

—… mi tierra, de…

Y se detuvo.

Después de otra orden a gritos, cantaron:

—… bosque de secuoyas…

Y así siguió la canción entera, cortada en pedazos de tres palabras.

Y cuando la señorita Akers, con la cara ya como un tomate, dio un golpetazo al piano y preguntó:

—¡¿Se puede saber qué pasa hoy?!

Los alumnos no dijeron ni mu.

Como cualquier profesor, la señorita Akers comprendía la regla de "divide y vencerás": cuando necesitas llegar al fondo de un asunto no preguntas a toda la clase, preguntas a uno solo. Por eso señaló a Lena, que estaba en primera fila, y dijo:

—¿Por qué no cantas?

Lena dudó, después indicó con un gesto a sus compañeros y contestó:

—Nadie habla.

La señorita Akers preguntó:

—¿Y qué se supone que significa eso? ¿No hablar?

Lena asintió.

—Solo tres palabras.

La profesora de música se quedó aún más confundida. Señaló a James y dijo:

—Explícamelo.

James tenía problemas para expresarse incluso en condiciones óptimas. Tragó saliva y respiró hondo. Después dijo:

—Sin… palabras. Todos.

La cara de la señorita Akers se iluminó. Y, dirigiéndose todavía a James, dijo:

—Ah… ya, es uno de esos proyectos de los críos, ¿un voto de silencio? ¿Para protestar porque en África sigue habiendo esclavos? He leído algo sobre eso… ¿Es eso?

James pareció perdido. Meneó la cabeza.

—Difícil… explicar. No.

Pero la señorita Akers pensó que había descubierto el acertijo, en parte al menos.

Y, pasara lo que pasase, decidió que iba a tomárselo con espíritu deportivo.

Mirando a la clase, dijo:

—Entonces, veamos… ¿se puede tararear? ¿Está permitido el tarareo?

Todos sonrieron y asintieron como locos.

—¿Y dar palmas? ¿Se puede dar palmas con cualquier canción?

Más sonrisas y asentimientos.

—De acuerdo, pues, empecemos de nuevo —dijo, y volvió a inclinarse sobre el piano—. ¡Uno, y dos, y tres! Mmm mmm mmm mmmm mmmm…

Y veinticuatro alumnos de quinto dieron palmadas y tararearon mientras la profesora tocaba las siete estrofas de *Esta tierra es tu tierra*. Después la clase entera soltó risitas y carcajadas y tarareos y palmeos durante cuatro canciones más del programa de Acción de Gracias.

Y todos sobrevivieron a su primera clase de música sin palabras.

La quinta hora, la de gimnasia, era menos problemática que la de música. Se había corrido la voz del mutismo de los de quinto, y a la profesora de gimnasia no le molestaba en absoluto. El martes era el día del balón prisionero, así que la señorita Henley escogió a dos capitanes y los capitanes escogieron a su vez a sus equipos, señalando, y el primer partido se desarrolló sin incidentes, y sin palabras.

El balón prisionero, que ya es bastante serio de por sí, resultaba especialmente lúgubre sin las voces ni los gritos. Se oían los habituales gruñidos de esfuerzo y los alaridos de terror, pero cuando un grupo de chicos, balón en mano, iba silenciosamente a la caza de un jugador del equipo contrario, parecían una manada de lobos persiguiendo a un caribú: el movimiento de cabeza del líder, la aproximación a la presa, y entonces: *¡Zas! ¡Zas! ¡Pum!,* fiambre.

Desde el punto de vista de la profesora de gimnasia, el balón prisionero servía para mejorar los reflejos y ejercitar la coordinación motora, ¿y lograr esos objetivos sin burlas, ni guasas, ni insultos? Por ella, perfecto.

Incluso así, la señorita Henley miró los tres partidos con gran interés, y vio cómo los chavales se comunicaban sin palabras. Y se encontró a sí misma señalando con el dedo y agitando la cabeza y tocando su silbato en vez de gritando. Era estupendo dar un descanso a las cuerdas vocales.

El señor Burton impartía lengua y literatura a los de quinto. Al principio de su primera clase de la tarde se quedó sorprendido y, al igual que las profesoras de ciencias y de música, formuló preguntas y obtuvo respuestas de tres palabras, pero le puso empeño y a los cinco minutos se figuró lo que pasaba, al menos en parte.

A diferencia de la señorita Marlow, el señor Burton tenía mucha paciencia y bastante sentido del humor, y no veía ningún problema en que aquellos chicos se comportaran tan bien. Cualquier cosa que callara a los Incallables era bienvenida. Además, decidió que podían divertirse un poco con la limitación esa de tres palabras seguidas.

Escogió una historia simpática del libro de lectura, una muy corta, e hizo que los alumnos la leyeran en voz alta, tres palabras cada uno, lo más rápido que pudieran, mientras él iba diciendo el nombre del siguiente narrador.

Cuando acabaron, dijo:

—Muy bien. Ahora quiero que la clase se invente una historia —agarró una regla y añadió—: Cuando vaya señalando, cada alumno debe decir una frase de tres palabras. Y hay que escuchar con atención para que la historia pueda avanzar. Vamos allá.

La historia empezó así:

—Una mujer chilló.

—Tenía miedo.

—Estaba oscuro.

—¡Oh, no… serpientes!

—Una la mordió.

—¡Ay! ¡Mi pierna!

—Salió fuera renqueando.

—Su vecino llegó.

—¿Qué pasa?

—¡Hay muchas serpientes!

—¿Son venenosas?

—¡Sí, y atufan!

—¡Rápido, mi coche!

—¡Me ha salvado!

—¡Maldición! ¡Sin batería!

Vuelta tras vuelta a la clase, la historia continuó.

La pobre mujer y su vecino fueron finalmente devorados por los inmensos lagartos naranjas que salieron de las alcantarillas y arrancaron el techo del coche. Los lagartos se comieron también a las serpientes. Pero entonces a unos feos tulipanes del jardín les crecieron colmillos afiladísimos y se zamparon a los lagartos. Y entonces los tulipanes eructaron gigantescos eructos que crearon un tornado que tiró la Estatua de la Libertad sobre un remolcador, lo que provocó una ola gigantesca que arrasó todo a su paso hasta llegar a la Casa Blanca, donde llenó de barro los calzoncillos de lunares del presidente.

Era un buen relato.

Entonces la clase se acabó y, mientras los alumnos salían en silencio, el señor Burton se ganó un montón de saludos con la mano y de sonrisas y de

pulgares en alto. Y él les devolvió los saludos y las sonrisas. No hubo necesidad de palabras.

La clase había sido todo un éxito: divertida, creativa, estimulante, y todos habían utilizado su facilidad de palabra de un modo nuevo. El señor Burton se sentía genial.

Los siguientes cuarenta minutos eran su tiempo para planificar clases y después venía su última clase del día, la séptima hora. Tenía que calificar unos ejercicios, pero estaba demasiado excitado. Lo que esos chicos estaban haciendo, vaya, le brindaba la oportunidad de su vida de jugar con las palabras y el lenguaje y la comunicación, para probar algo nuevo, algo especial. Después de todo, no solo a los profesores de ciencias les gustan los experimentos.

Así que el señor Burton se sentó a su mesa, pensando y pensando. Por último, a unos minutos de la siguiente clase, lo logró: tuvo una idea genial. Además, descubrió que aquella situación podía serle útil de un modo totalmente inesperado.

Mientras sonaba la campanilla el profesor notó que estaba deseoso de que llegara su última clase de la tarde; otra prueba de que aquel no era un día normal y corriente.

# Capítulo 13

# LABORATORIO DE LENGUAJE

Cuando los alumnos de su última clase del día entraron en el aula el señor Burton no habló y, por supuesto, los alumnos tampoco.

La campanilla sonó y los chicos le observaron mientras él ponía una pila de folios con renglones en el pupitre delantero de cada fila. Después volvió a la pizarra y empezó a escribir.

Hoy <u>solo</u> vamos a <u>escribir</u>. No hay que entregar nada, pero <u>se debe</u> escribir durante toda la clase, y cada uno debe comunicarse al menos con otros cuatro.

<u>No se puede estar sin escribir más de quince segundos seguidos.</u>

Nada mas que llegue el papel, hay que empezar.

En menos de un minuto todos disponían de papel. Y en menos de dos minutos las primeras notas cambiaban de mano.

Todd escribió:

"Sigo pensando que esto de no hablar es una chorrada", y le pasó el papel a Kyle.

Kyle lo leyó y escribió:

"A mí como que me gusta. Es distinto. Un desafío".

Y entonces Todd escribió:

"¿Desafío? ¿Qué desafío? Los profesores ya lo saben. Mira el señor Burton. Nos está tomando el pelo. Le parece genial que no hablemos. ¡A MÍ ME GUSTA HABLAR!".

Kyle leyó, y escribió en respuesta:

"Pues no puedes. Piensa en lo mal que lo estarán pasando las cotorras: las vamos a ganar. ¡Ganar a las chicas! ¡Ganar a las chicas! ¡Ganar a las chicas! ¿Lo pillas? Son gritos silenciosos de ánimo, como en un partido de baloncesto. Mola, ¿no?".

Todd escribió:

"¿Que mola? Es chungo, tío. Ahí van mis ánimos silenciosos: ¡Kyle es un Chorra! ¡Kyle es un Chorra! ¡Kyle es un Chorra!".

Kyle leyó la nota, dedicó a Todd una mueca, le dio la espalda y empezó a charlar con Eric. Sin hablar era más fácil conectar con la gente.

Unos pupitres más allá, Emilly estaba inmersa en una agria discusión con Taron.

"No he dicho que no puedas venir después del colegio, digo que no le veo el sentido. Si no podemos hablar, ¿para qué vas a venir?".

Taron leyó la nota, meneó la cabeza y escribió:

"Sé muy bien que te gusto menos que Kelly. Deja ya de fingir".

Emilly puso los ojos en blanco y escribió:

"No seas así".

Taron se encogió de hombros y escribió:

"¿Así cómo?".

Emilly usó letras mayúsculas para hacer hincapié:

"ESTIRADA Y PAVA Y AGONÍAS; LO ODIO".

"¿Lo ves? —escribió Taron—. Odio. Eso es lo que has dicho. Me odias".

Emilly garabateó:

"¡No seas idiota! Yo no te odio. Ven después de clase. De verdad. Ya se nos ocurrirá algo que hacer, pero nos apetecerá hablar, ya verás. Y no podemos".

Taron contestó:

"NO pienso ir. Crees que soy idiota".

Emilly lo leyó, y después hizo trizas el papel. Extendió la mano por el pasillo y dio palmaditas a Taron en el brazo y sonrió la más dulce de sus sonrisas y escribió en un papel nuevo:

"Nos vemos después del cole. En mi casa, ¿vale?".

Taron le devolvió la sonrisa y asintió.

Por toda la clase, los alumnos debían suponer las nuevas reglas de comunicación. Y, para la mayoría, escribir era mucho más difícil que hablar. Era más lento, como los mensajes electrónicos, solo que menos instantáneos y menos divertidos porque no había un ordenador que manipular. Había mucho menos "dar, que van dando" que al hablar, y los Incallables no estaban acostumbrados a eso. En absoluto.

Dave acababa de terminar una frustrante colección de mensajes de ida y vuelta con Bill.

Bill no lograba entender qué se hacía para que no te pitaran fuera de juego en un partido de fútbol. Dave se lo había explicado de tres formas distintas. Había hecho dibujos y diagramas y de todo, pero Bill seguía sin enterarse.

Así que Dave pasó una nota a Ed, porque él era el mejor jugador de la liga juvenil de la ciudad.

"Bill no pilla lo del fuera de juego. ¡SOCO-RRO!".

Ed leyó la nota, asintió en dirección a Bill, se inclinó sobre su papel y empezó a escribir.

Dave miró a su alrededor en busca de una nueva pareja y vio que Lynsey intercambiaba notas con Helena. Daba la impresión de que se estaban divirtiendo de lo lindo, asintiendo mucho y matándose de risa la una a la otra. "Seguro que están chismorreando", pensó. "Sobre alguna idiotez".

Agarró un folio nuevo y escribió una nota para Lynsey: "¿Qué diferencia hay entre ti y un vertedero de residuos tóxicos?", pero decidió que aquel acertijo era muy fuerte, hasta para Lynsey. Aunque fuese cierto.

Arrugó el folio y cogió otro.

Pero, antes de escribir, se levantó, se acercó a la librería y sacó un diccionario.

Lo hojeó y bajó los dedos por una columna de palabras. Y allí estaba:

**huy.**
(Del latín *hui*).
interjección. Para denotar dolor físico agudo, melindre o asombro.

Así que Lynsey tenía razón. Por una vez.

Volvió a sentarse y escribió:

"Hola, capitán Burgess, ¿cómo va la guerra? ¿Preparada para la rendición?".

Dave dio un golpecito a Jason, le entregó la nota y señaló a Lynsey.

Jason dio un golpecito a Lynsey y se la pasó. Y cuando ella le miró, Jason meneó la cabeza y señaló a Dave.

Lynsey hizo una mueca y tomó el papel, sosteniéndolo entre el pulgar y el índice como si de una rana despanzurrada se tratara.

Después de leer el mensaje, escribió un poco y dio un golpecito a Jason, quien devolvió el papel a Dave.

Su réplica fue:

"Es <u>general</u> Burgess. Revisa la puntuación, panoli. Las chicas triunfan, los chicos pierden. Como siempre. ¡Os vamos a <u>aplastar</u>!".

Dave lo leyó, le puso a Lynsey cara de perro y escribió:

"Ni lo sueñes. Siempre la más fantasma".

Y sentado a su pupitre, mirando ceñudo al papel, Dave sintió de nuevo la imperiosa necesidad de demostrarle a Lynsey quién mandaba allí, de dejarlo bien claro de una vez por todas, de ponerla en su lugar.

Y, en respuesta a su deseo, se le ocurrió de repente una idea, una idea que quizá debería haber olvidado.

Pero no lo hizo.

Apretando con fuerza el lápiz, escribió:

"¿Qué tal si tú y yo tenemos un cara a cara, nuestra propia competición de no hablar? Vamos a empezar ya. A menos que te dé miedo. Y el ganador podrá escribir una "P" bien grande en la frente del perdedor. Con rotulador permanente. El jueves, en el patio, después de comer. ¿Qué opinas?".

Y le dio el papel a Jason.

Lynsey agarró el papel y lo leyó, y no dudó lo más mínimo. Miró a Dave, asintió un gran sí, dibujó una "P" en el aire y señaló en su dirección. Después escribió algo y le dio el papel a Helena, quien leyó todo, escribió algo y se lo devolvió a Lynsey, quien escribió algo más y le pasó el papel a Jason, que se lo entregó a Dave.

Lynsey había escrito:

"Helena, tú serás testigo. Firma aquí".

Y Helena había escrito su nombre. Y, bajo la firma, Lynsey había añadido:

"Nada de echarse atrás, bocazas. ¿Qué color de rotulador te gusta más, rojo o negro?".

Dave la señaló y fingió que se reía y se reía. Ella le sacó la lengua, se dio la vuelta y recuperó su charla con Helena.

Dave sintió que había perdido la escaramuza. Lynsey siempre encontraba el modo de disparar el último cañonazo.

Entonces sonrió al pensar lo divertido que sería escribirle una gran "P" en la frente. Si ganaba, claro. Si no…

Dave no hubiera expresado sus sentimientos con estas mismas palabras, pero sentado allí en la silenciosa clase deseó en parte que no hubiera guerra. Porque era… bueno, era *interesante*. No hablar era interesante en sí mismo, hasta sin la diversión añadida de la competición. Y el riesgo añadido de su nueva contienda privada con Lynsey.

Y se preguntó de pronto qué pensaría Lynsey acerca de aquello, acerca de todo. Y se preguntó si sería lo bastante sincera como para decírselo.

Así que agarró un folio nuevo y escribió:

"Casi me alegro de que todos estemos haciendo esto, lo de no hablar. Por ejemplo, yo no sabía que 'huy' fuera una palabra. Es bastante interesante. Al menos para mí".

Luego le pasó el folio a Jason.

Jason dio golpecitos a Lynsey en el brazo y se lo entregó. Ella lo leyó y lanzó a Dave una ojeada suspicaz. Después se inclinó sobre el papel y escribió.

Jason pasó el folio y Dave leyó el mensaje:

"Para mí también. No hago más que pensar y pensar y <u>pensar</u>. Es bastante sorprendente".

Dave miró a Lynsey a los ojos y ambos asintieron con la cabeza. Durante una minúscula fracción de segundo no hubo chicos contra chicas, ni hubo ninguna batalla. Hubo dos chavales inteligentes disfrutando de una idea.

Jason entregó otra nota a Dave, esta vez de él mismo.

"No soy tu cartero privado. A lo mejor deberías sentarte en el mismo pupitre que Lynsey, ¡jejeje!".

Dave sintió la cara caliente. Garabateó: "¡Estás loco!" en la nota de Jason y se la dio con un manotazo.

Al final del folio que él y Lynsey se habían estado pasando, escribió:

"Sí, pero esta lucha no la vas a ganar tú. Vas a ir cuesta abajo con tus estúpidas amigas, ¡pero mogollón!".

Y después de tirar la nota por encima de la cabeza de Jason para que cayera sobre el pupitre de Lynsey, Dave puso mala cara y agitó las manos, como si tratara de quitarse algo asqueroso de los dedos.

No esperó a ver la reacción de Lynsey. Se volvió y empezó a escribir una nueva nota. Para Scott.

Durante toda la séptima hora, el señor Burton estuvo sentado a su mesa, observando. También escribió algunas notas, pero para él mismo.

– No dudan: todos se aplican de inmediato.

– Cierta frustración con la escritura: les parece lenta.

– Cierta irritación.

– Muchos asentimientos y aspavientos, algunas señas manuales.

– Golpecitos en pupitres, brazos y hombros para llamar la atención, algunos codazos.

– Chasquidos de lengua, taponazos labiales, pedorretas.

– Ciertos sonidos de animales como cloqueos, gruñidos, ladridos; a veces para llamar la atención, a veces para molestar.

– Pocas notas chico–chica o chica–chico, pero más de las que me esperaba en este grupo.

– Muchos fruncimientos de entrecejo, muchas sonrisas y otros gestos.

– ¡Ni una sola palabra en voz alta!


El señor Burton asistía a la universidad estatal dos noches por semana para preparar su doctorado. El curso se llamaba *Desarrollo Humano,* y uno de los temas que habían estudiado era la forma en que los niños aprenden a usar el lenguaje.

Por supuesto, aquello no era ver a niños aprendiendo a usar el lenguaje. Estos alumnos dominaban ya las palabras, demasiado quizá.

No, esto era ver cómo los chavales intentaban cambiar de forma de expresarse, usando el lenguaje de una forma nueva.

El señor Burton estaba muy emocionado. Era como disponer de un laboratorio de lenguaje. Pensó:

"Si lo anoto todo bien, ¡apuesto a que puedo escribir mi propio trabajo de investigación sobre esto! Puedo hacerles entrevistas... cuando hablen de nuevo. Y también puedo obtener información de los demás profesores. Aquí hay un excelente material de trabajo. ¡Es genial!".

Cuando sonó la última campanilla, al señor Burton le dio pena que se acabara la clase. Estaba deseando que llegara su primera clase del miércoles por la mañana.

Para los alumnos, la última campanilla del martes significaba otra cosa.

Significaba que debían hacer un viaje en autobús. Sin hablar.

Significaba que debían ir a deportes o a ballet o a música. Sin hablar.

Significaba que debían volver a casa y entendérselas con padres y madres y hermanos y vecinos y todos los demás. Sin hablar.

Nadie tenía claro si aquello iba a funcionar, Dave incluido.

Pero Dave estaba absolutamente seguro de una cosa: él pensaba hacerlo bien. Porque si él la liaba, querría decir que el jueves por la tarde estaría paseando por el colegio con una gran "P" en la frente.

Y *eso* no iba a pasar.

# Capítulo 14

# VISTO Y NO OÍDO

Los autobuses escolares estaban más tranquilos que de costumbre el martes por la tarde, sobre todo los que llevaban un gran número de alumnos de quinto.

Pero a ninguno de los alumnos de quinto le resultó difícil el viaje de vuelta a casa. Sin adultos de por medio era bastante más fácil guardar silencio. Algunos se sentaron con sus amigos y se pasaron notas. Otros leyeron libros o abrieron un cuaderno e hicieron los deberes. La mayoría se limitó a sentarse tranquilamente, mirando y escuchando. Y pensando.

Para los alumnos como Lynsey que se quedaban a fútbol o hockey sobre hierba o cross, las horas de después de clase eran como las de colegio, porque los entrenadores eran profesores, y a los profesores podías contestarles gracias a la regla de las tres palabras. A esas alturas de la competición, todos se las apañaban bastante bien.

En fútbol, Lynsey no tuvo problemas. En vez de gritar pidiendo el balón como otras veces, movía una mano o la cabeza, y para indicarles a sus compañeros de juego que cubrieran una zona o fueran campo abajo, señalaba con el dedo. A Lynsey se le daba bien el fútbol. Se comunicaba sobre todo con los pies.

Para los alumnos como Dave que iban directamente a casa, no hablar era más difícil. *Mucho* más difícil, porque es cosa sabida que a los padres les gusta que sus hijos contesten.

—¿David?

Dave llevaba en casa cinco minutos cuando oyó a su madre entrar por la puerta principal y llamarle. Él estaba en el piso de arriba. En el baño.

Ella lo volvió a llamar:

—¡David! ¡Contestame!

Sentado en el inodoro, para ser más preciso.

—¡DAVID! ¡CONTESTAME!

Dave conocía ese tono de voz. Tenía que hacer algo y hacerlo pronto. Se inclinó y aporreó la cara interna de la puerta del baño.

Fue un error.

Su madre subió las escaleras y tuvo las manos en el pomo cerrado del baño en menos de dos segundos.

—¿David? ¿Eres tú? ¿Estás bien? ¿David? ¡David! ¡Contestame!

Iba a echar la puerta abajo, Dave estaba seguro.

El chico agitó el pomo, tiró de la cadena, se levantó y se subió la cremallera y se abotonó, todo en cuestión de segundos; luego abrió la puerta de golpe y dedicó a su madre la mejor sonrisa que fue capaz de componer.

La señora Packer sintió tanto alivio que se inclinó y abrazó a Dave con tal fuerza que él no hubiera podido decir algo ni aunque hubiera querido. Y no quería.

Pero entonces lo soltó, lo sostuvo frente a ella y lo miró con severidad.

—¿No me has oído llamarte?

Hubiera sido fácil menear la cabeza para contestar con un no y mentir en silencio, pero Dave sonrió y se encogió de hombros y extendió las manos. Después se señaló la boca.

Su madre frunció el ceño aún más.

—¿La garganta? ¿Te duele la garganta? ¿Es eso?

Dave meneó la cabeza de nuevo.

—¿Pero no puedes hablar? ¿Te duele algo? ¿Llamo a la consulta del doctor O'Hara? Puedo llevarte ahora mismo en coche.

Dave volvió a menear la cabeza e indicó a su madre que le siguiera.

Se acercó a su habitación y a su mesa y a un papel, y escribió:

"Perdona. Es una cosa que estamos haciendo en el colegio. No hablar durante un par de días. Eso es todo".

Su madre miró el papel.

—¿No hablar? —dijo—. No digas bobadas. Todos tenemos que hablar.

Dave sonrió y se encogió de hombros. Y escribió:

—No a <u>todas</u> horas.

Su madre echó la cabeza hacia atrás, puso mala cara y asintió lentamente.

—Aaaah… eso quiere decir que *yo* me paso el día hablando, ¿no?

Dave sonrió y se encogió de hombros de nuevo.

—Pues yo puedo ser tan callada como cualquiera —dijo su madre, y añadió—: Si quiero.

Luego se inclinó para recoger una camiseta, la empujó contra el pecho de Dave y dijo:

—Bueno, sea como sea, recoge el resto de la ropa sucia, bájala y métela en la lavadora. Solo colores oscuros, ¿eh?

Dave le puso mala cara y ella dijo:

—Y diríjase a mí con respeto, oiga.


En clase de kárate, Kyle dio un golpe ascendente con el pie. Sin gritar.

El señor Hudson hizo una inclinación y dijo:

—Kyle-san. Siempre grita así al golpear: ¡Jii-YAJ! Tú sabes.

Kyle pateó de nuevo y movió la cara y la boca, pero no gritó.

El señor Hudson se puso como un tomate y caminó tieso como un palo, como siempre que le contrariaban, pero siguió siendo amable, porque así es el kárate.

Hizo otra reverencia.

—Kyle-san. ¿No oírme tú?

Ben Ellis entró en el tatami e hizo una reverencia al señor Hudson. Estaba en cuarto curso. Cuando el señor Hudson le devolvió la venia, Ben dijo:

—Hudson-san. Los de quinto no hablan. Ninguno.

Hudson-san volvió a inclinarse y puso cara de sabio y trató de imaginarse qué hubiera dicho el profesor de la película *Karate Kid* en una situación así.

Después de una larga pausa dijo:

—Aaah, ya veo. Sí. Silencio. Es bueno.

Entonces hizo una reverencia a Kyle-san y Kyle-san hizo otra en respuesta.

Luego Kyle dio otro golpe ascendente con el pie. Sin gritar.


Ellen tocó la primera pieza de flauta para su profesora, pero había un problema.

La señorita Lenox dijo:

—Muy bien, pero estamos en un compás de cuatro por cuatro —señaló con un lápiz un cuarto de silencio—. ¿Cuántos tiempos corresponden a este silencio?

Ellen dio un golpecito en el atril.

—Correcto, pero basta con que digas "un tiempo".

Entonces la señorita Lenox señaló el símbolo de un silencio entero.

—Y este, ¿cuántos tiempos son?

Ellen dio cuatro golpecitos.

—Sí, pero basta con que digas "cuatro tiempos", cariño.

Ellen sonrió y repitió los golpes, y después señaló su boca y meneó la cabeza.

—¿Qué? —preguntó la señorita Lenox.

Ellen volvió a señalarse la boca y a menear la cabeza.

—¿Tus labios? ¿Algo de tus labios? —preguntó la profesora—. Basta con que me digas qué te pasa, cariño.

Ellen sonrió y meneó la cabeza. Luego se llevó la flauta a los labios y tocó la pieza de nuevo, y esta vez leyó los silencios a la perfección.

Su profesora asintió y sonrió, y después volvió la página para la siguiente pieza. Antes de que Ellen empezara, señaló cada uno de los silencios y Ellen dio el número correcto de golpecitos. La profesora asintió con la cabeza y Ellen comenzó a tocar.

Cuando acabó, la señorita Lenox sonrió, señaló el principio de la pieza, cogió su propia flauta, asintió con la cabeza y tocaron la pieza a dúo.

Ninguna de las dos dijo ni pío durante el resto de la clase.

La madre de Brian fue a buscarlo al colegio, y cuando él se montó en el coche, anunció:

—Necesitas cortarte el pelo. Vamos a pasarnos por Zeke.

Brian gruñó y meneó la cabeza y estampó los pies contra el suelo del coche. Su madre siguió conduciendo.

Brian detestaba ir a la Peluquería Moderna de Zeke.

Zeke era un cascarrabias que llevaba cortando el pelo en Laketon más de cuarenta años, y a todos les hacía el mismo corte: corto arriba, rapado en los lados.

Las dos últimas veces que Brian había ido, le había obligado a hacer un trabajo medio decente, pero gracias a que estuvo medio gritándole todo el rato: "No tan corto por arriba. No, de verdad, por arriba ya vale. Y no use la maquinilla para los lados. Solo las tijeras… ya, ya vale. No me corte más. De verdad. No, por favor, la maquinilla no. Use solo las tijeras. Por favor".

Y por eso hoy era el peor día posible para un corte. Si Zeke lo arrinconaba en aquella destartalada silla de barbería, Brian iba a acabar como algo recién escapado de un zoo.

Cuando su madre aparcó, Brian saltó del coche y se metió en la pizzería vecina, pero su madre fue detrás. Él señaló al menú, pero ella meneó la cabeza.

—No tenemos tiempo de tomar nada. Hay que recoger a tu hermana dentro de quince minutos.

Luego lo agarró del brazo y lo sacó de la pizzería y lo dejó en la puerta de Zeke.

—Entra. Rápido, ahora no hay gente.

Brian hubiera querido decir:

"Noticia de última hora, mamá: en Zeke nunca hay gente, porque Zeke es un peluquero nefasto. Y le huele el aliento".

Pero Brian no podía decirlo. Y tampoco podía decirle nada a Zeke. Era hombre muerto.

Quince minutos más tarde, cuando su hermana mayor entró en el coche, le echó un vistazo a Brian y soltó una carcajada. Dijo:

—¿Qué tal Zeke?

Brian tuvo que limitarse a asentir. Había pagado un alto precio por mantener la boca cerrada. Pero debía cumplir la promesa que les había hecho a Dave y a los demás chicos, y, si no ganaban a las chicas, no iba a ser por su culpa. Y tenía el corte de pelo para demostrarlo.

¿Valía la pena?

"Sí —pensó—, la vale. Así que no pasa nada porque parezca un mono una semana. O dos. O tres".

Brian miró fijamente por la ventanilla y trató de no darle más vueltas.

La señora Burgess estaba preocupada. Miró por el retrovisor, volvió a observar la cara de su hija y pensó:

"¿Habrá tenido un mal día en el colegio? ¿Estará disgustada por eso? O lo mismo le ha pasado algo jugando al fútbol; el entrenador ese es bastante bruto".

Cosa de un mes antes Lynsey empezó a ir en el asiento de atrás en vez de en el delantero. Su madre había notado que su vivaracha y parlanchina hijita estaba más seria y como más distante de vez en cuando. ¿Y hoy? Ni una palabra, apenas un asentimiento de cabeza al subir al coche.

La madre de Lynsey pensó:

"Puede que me esté dando el trato silente por lo de no dejarla ir a pasar la noche con Kelly este fin de semana. Seguro que es eso. Los críos son tan enfadones… ¡anda que yo era buena!".

La verdad era que Lynsey no estaba enfadada en absoluto. Estaba pensando. En realidad, estaba pensando en lo de pensar. Al no hablar en toda la tarde, se había dado cuenta de una cosa: durante años, lo había pensado casi todo en voz alta.

"Siempre he soltado todo lo que se me ocurría, a mi hermana, a mi madre, ¿y en el colegio? Dale que dale. Y después me pasaba la noche hablando por teléfono. ¡Increíble!".

A Lynsey le sentaba fatal admitirlo, pero Dave Packer podía estar en lo cierto sobre lo de la explosión de su tapa de los sesos. Porque así se sintió al principio.

Sintió como si un grifo completamente abierto, con el agua saliendo siempre a borbotones, se hubiera cerrado de repente, y alguien hubiera embotellado sus pensamientos.

Pero cuando acabó las clases, ya había empezado a disfrutar del cambio. Y durante todo el entrenamiento de fútbol se sintió como si estuviera sola: ella con su propia voz. Tuvo ganas de decir: "Hola, ¿eh?, soy Lynsey, ¿alguien se acuerda de mí? Vivo aquí dentro".

Pensar. Estar callada. Era diferente. Y sentaba bien.

Cuando el coche dobló la esquina y entró en su calle, casi en casa, levantó la vista y vio los ojos de su madre en el retrovisor, y al instante se dio cuenta de lo preocupada que estaba. Así que le dedicó a su mamá un saludo con la mano y una amplia sonrisa. Y su mamá se la devolvió.

Por toda la ciudad, los demás escolares de quinto trataban de imaginarse cómo iban a apañárselas sin hablar. ¿Se cometió algún error el martes por la tarde? Sí, pero pocos. Todos y cada uno de los alumnos de quinto se aplicaron con ganas a guardar silencio.

Y más tarde, al llegar la hora de la cena y la hora de estar en familia y la hora de los deberes y la hora de acostarse, se presentaron otros problemas que todos afrontaron: una llamada de la abuela, un hermano pequeño que necesitaba ayuda con los deberes, una salida al centro comercial para comprar zapatos… un montón de situaciones que pedían a gritos el lenguaje hablado. Cada uno de ellos pasó por experiencias curiosas el martes por la noche, y cada uno de ellos tuvo que ser creativo y estar alerta… y callado.

Pero no es el momento de hablar de eso.

Es el momento de regresar al colegio, de retroceder en el tiempo y volver más o menos a las tres y media de la tarde del martes, a la sala de reuniones situada junto a secretaría.

Porque allí es donde la directora y los profesores de quinto celebraban una reunión especial.

Y tenían *mucho* de que hablar.

# Capítulo 15

# CENTRO DE CONTROL

—Veamos. Ustedes han pasado toda la tarde con nuestros alumnos de quinto. Ustedes han visto, y oído, lo que sucede. ¿Qué creen que deberíamos hacer?

La señora Hiatt paseó la mirada por la mesa de conferencias, cara por cara.

La señorita Marlow contestó enseguida:

—Deberíamos meterlos a todos mañana por la mañana en el auditorio e imponer las normas: detenerlos. Lo que hacen es una tontería y es perjudicial. A pesar del interés que pueda tener y de que con esos niños representa hasta una mejora, sigue sin estar bien. Después de comer era hasta agradable, pero con el segundo grupo y el tercero de la séptima hora, se transformó en una molestia, en una verdadera perturbación. El temario de ciencias es muy amplio, no podemos perder el tiempo, así que yo voto por cortar el asunto de raíz.

La señorita Escobar asintió para demostrar que estaba de acuerdo.

—En clase de matemáticas, esas respuestas cortas que manejan son una lata. Para ellos es un juego y es lo único que les importa. Yo intento trabajar y ellos no hacen más que jugar: es frustrante. Muy frustrante. De modo que si esto es una votación, yo voto porque lo primero que hagamos mañana por la mañana sea ponerle fin.

El señor Burton meneó la cabeza.

—Pero ¿por qué? Es muy ingenioso, lo que hacen. Y creativo, y les hace pensar. Yo creo que es beneficioso. Están ejercitando su autocontrol, y eso representa un cambio radical para ese grupo. Creo que deberíamos tomárnoslo con sentido del humor y dejar que siga su curso. No puede durar mucho, ¿no? ¿Qué daño puede hacer?

—En gimnasia no es problema, desde luego —dijo la señorita Henley—. En realidad, simplifica la clase. No se queja nadie. Si quieren pasarse así el resto del curso, por mí estupendo.

—Pues por mí *no* —quien lo dijo fue la señorita Akers—. Solo les doy música dos o tres veces por semana, y necesito aprovechar hasta el último segundo. He hablado con Jim Torrey, y él opina igual sobre la clase de arte. Esta tarde lo he llevado bien, hasta nos hemos divertido, pero no puedo permitirme perder más clases. No puedo enseñarles canciones si siguen empeñándose en no decir más de tres palabras seguidas.

—Acabo de darme cuenta de una cosa —dijo la señorita Overby—. ¿Saben lo que hizo el granujilla de Dave Packer ayer? En vez de exponer su trabajo, se quedó de pie delante de la clase y tosió durante dos, quizá tres minutos enteros. Y estuvo fingiendo, seguro. ¡Para no hablar! Desde luego, esto hay que pararlo.

El señor Burton dijo:

—¿Pero no se acuerdan? Estamos hablando de los Incallables. Esos alumnos llevan años sacando de quicio al colegio entero. Y de pronto, como un regalo caído del cielo de los colegios de primaria, se callan todos, ¿y qué hacemos nosotros? Obligarles a empezar de nuevo. No tiene sentido. ¿Por qué no esperamos un poco? A ver qué pasa. Porque sigan así un poco más no va a pasar nada. ¿Qué tiene de malo?

El señor Burton estaba convencido de que no era un problema, pero aunque no lo hubiera estado, habría seguido pidiendo a los profesores que no intervinieran. Deseaba que el tiempo de silencio durara lo suficiente para escribir su trabajo y presentarlo en sus clases de Desarrollo Humano.

La directora ya había oído bastante. Le satisfacía que todos hubieran expresado su opinión, pero no quería enfrentar a los profesores. Aquel era *su* colegio y, como en todo lo demás, la decisión era responsabilidad suya. Dijo:

—Gracias por sus opiniones, son de mucha ayuda, pero esto no se puede votar. Ya he tomado una decisión. Ustedes saben que he tratado de controlar a esos niños desde que empezaron el primer curso, así que es tentador dejarles seguir y esperar que sea para bien, pero creo que sería un error. La quietud repentina resulta más cómoda que la algarabía, pero ambos son comportamientos extremos. Esos niños deben aprender a estar callados cuando deban estarlo, y a hablar y a participar cuando corresponda. No necesitamos una situación de todo o nada, y esto es eso. Lo que necesitamos es equilibrio, autocontrol. Si les dejamos seguir con este juego o competición o lo que sea, les estaremos transmitiendo un mensaje equivocado. Así que mañana hay que convocar una asamblea. He notado que Lynsey Burgess y Dave Packer parecen ser los líderes, y yo…

—En realidad —interrumpió la señorita Marlow—, parece ser que Dave y Lynsey actúan de capitanes de equipo. Apuntan los tantos, digamos, contando palabras. Y compiten entre chicos y chicas. Intercepté una nota.

La directora enarcó las cejas.

—¿Una nota? ¿Cómo no me lo había dicho?

La señorita Marlow se encogió de hombros.

—Ha sido esta tarde, en mi clase.

La señora Hiatt dijo:

—Debería habérmelo dicho antes: hubiera sido de gran ayuda.

La directora guardó silencio para que todo el mundo viera lo molesta que estaba.

Y en ese momento el señor Burton pensó:

"Mujeres; siempre guardando secretos".

Pero se corrigió de inmediato, porque la gente que se aferra a los estereotipos no debería hacerlo… y si es profesor, menos.

La directora dijo:

—De todas formas, bueno es saberlo. Creo que veo un modo de afrontar el problema. Así que mañana, antes de empezar las clases, lleven a todos los alumnos al auditorio, por favor.

Hubo un momento de silencio.

Luego el señor Burton dijo:

—¿Qué va a hacer si los chicos no responden? A su modo de afrontar el problema, digo.

La directora le miró, con un vestigio de frialdad en los ojos.

—¿A qué se refiere?

—Bueno —contestó él—, yo solo digo que tenemos una experiencia de cinco años con ese grupo. Cuando les hemos dicho que fueran menos ruidosos, nos han obedecido más bien poco. ¿Por qué van a obedecernos cuando les digamos que dejen de estar callados?

La señora Hiatt miró de hito en hito al señor Burton, y, mentalmente, oyó una vocecita que decía:

"¡Cómo no!... un hombre poniendo la nota negativa".

Pero, por supuesto, se corrigió de inmediato, porque esa manera de pensar podía acarrear problemas a una directora. Entre el profesorado, no es cuestión de ir chicos contra chicas. De hecho, eso se llama discriminación, y es ilegal.

De modo que la señora Hiatt recorrió los rostros de los profesores con la mirada, sonrió y dijo:

—Solo puedo prometerles que intentaré resolver esta situación del modo más pacífico posible. Y sé que ustedes harán lo mismo. Nos veremos mañana a primera hora.

Mientras los profesores salían de la sala de reuniones, se habló poco.

De hecho, más bien nada.

# Capítulo 16

# ÓRDENES

Era un precioso miércoles de noviembre, y el patio matutino del colegio Laketon repicaba con los habituales sonidos de gritos y risas de los alumnos.

Pero si se sabía dónde buscar, se encontraba otra capa de actividad en marcha. Alrededor de los columpios y del gimnasio y de los campos de béisbol se formaban pequeños grupos de amigos de quinto que se pasaban notas y gesticulaban y representaban, intentando contarse lo que había pasado el martes al salir de clase y lo bien que se las habían apañado sin hablar. Los de quinto se alegraban mucho de verse. Se sentían como si hubieran pasado la noche del martes en celdas aisladas de una cárcel, prácticamente incomunicados.

También estaba en marcha otra parte de la competición. Había llegado la hora de la primera prueba del código de honor nocturno. Como acordaron de antemano, los chicos que habían dicho palabras antirreglamentarias informaron a Lynsey, y las chicas informaron a Dave.

Al recibir este las confesiones matutinas de una corta fila de avergonzadas chicas, se sintió bastante bien. Añadió al marcador quince puntos más en contra del otro equipo.

Lynsey se sintió igual de satisfecha. Estirando los dedos, cuatro chicos admitieron haber hablado un total de doce palabras prohibidas, lo que le pareció sospechosamente poco. Pero las reglas eran las reglas, y debía confiar en que dijeran la verdad, igual que Dave debía confiar en las chicas. Y Lynsey reconoció para sí que en ambos bandos había pocos habladores, así que quizá iban igualados. De todas formas, no se inquietó, porque estaba bastante segura de que ellas iban ganando.

Cuando sonó la primera campanilla todos entraron.

Dave tenía clase con el señor Burton. Cuando sonó la segunda campanilla y los alumnos tomaron asiento en silencio, el profesor dijo:

—En fila junto a la puerta, por favor. Esta mañana hay una asamblea especial de quinto. Si alguien supone para qué es, que lo diga.

Nadie lo hizo pero, por la expresión de sus caras, el señor Burton hubiera jurado que todos ellos se hacían una idea. Sonrió y dijo:

—No hay que preocuparse. ¿Quién podría enfadarse con unos alumnos con tan buen comportamiento? Yo, desde luego, no.

Una vez que su clase entró en el auditorio y tomó asiento, Dave se giró para buscar a Lynsey. Estaba sentada al lado de Kelly, y se pasaban una nota entre sí. No parecía preocupada en absoluto.

Dave se volvió rápidamente para que no viera que la miraba. Si ella no estaba preocupada, él tampoco tenía por qué preocuparse, aunque aquella asamblea se debiese a su competición. Porque se debía a eso, ¿no? Nunca había habido una asamblea especial en el colegio Laketon, que él supiera.

Y menos una que empezara en completo silencio.

Al estar absorto en sus pensamientos, Dave no advirtió que la señora Hiatt salía al escenario. Y además dijo algo, pero él se lo perdió.

Scott Vickers le dio un codazo en las costillas y Dave volvió de golpe al presente, justo a tiempo para ver que la directora miraba directamente hacia él.

—Dave, he dicho que subas aquí tú también.

Aturdido, miró a su alrededor y vio que Lynsey caminaba ya por el pasillo más alejado. Así que se puso en pie de un salto, recorrió la fila esquivando a sus compañeros y se apresuró a atravesar el pasillo y a subir los cuatro escalones del escenario.

La señora Hiatt se quedó en pie entre Dave y Lynsey, y dijo:

—Bien, alumnos, como todo el mundo sabe, siempre empezamos las asambleas con la Promesa de Lealtad. Así que Lynsey y Dave dirigirán la Promesa esta mañana. Todos en pie, por favor.

Quinto curso en pleno se puso en pie. En silencio.

Dave le echó un vistazo a Lynsey, y ella le echó un vistazo a él. Y el significado de la mirada que cruzaron estuvo clara: "¿Qué hacemos?".

Lynsey hizo un diminuto encogimiento de hombros, y ambos se dedicaron un asentimiento de cabeza más diminuto aún. Todo ocurrió en menos de un segundo, y no les llevó más de eso comprender que era el momento de una tregua.

Ambos miraron las caras de sus amigos, asintieron, se pusieron la mano derecha sobre el corazón y se volvieron para mirar a la bandera: señal enviada, señal recibida.

Todos llevaban más de dieciocho horas sin hablar. Cada alumno de quinto respiró hondo, y si a los retratos de Washington y Lincoln de ambos lados del escenario les hubieran pintado manos, habrían corrido a taparse los oídos.

—PROMETO LEALTAD A LA BANDERA DE LOS ESTADOS UNIDOS DE AMÉRICA Y A LA REPÚBLICA QUE REPRESENTA, UNA NACIÓN AL AMPARO DE DIOS, INDIVISIBLE, CON LIBERTAD Y JUSTICIA PARA TODOS.

Los alumnos hablaron con una sola voz, casi a gritos, con increíble volumen y sorprendente fuerza: quizá fue la más entusiasta Promesa de Lealtad jamás oída en un colegio público en toda la historia del país. El auditorio resonó, y pareció que la sala tardaba unos segundos en dejar de vibrar.

Mientras Dave y Lynsey se apresuraban a volver a sus asientos, la señora Hiatt, con los oídos zumbando aún, dijo:

—Gracias. Ha sido… excelente. He convocado esta asamblea especial de quinto para que todos los alumnos oigan el mismo mensaje al mismo tiempo. Desde *ahora mismo* —aquí la directora hizo una pausa y paseó la mirada por los rostros atentos de los asistentes— la competición o el juego o lo que quiera que sea este súbito silencio, o este asunto de solo tres palabras seguidas, desde ahora mismo se ha *terminado*. Concluido. Finiquitado. Fue interesante y espero que haya servido para aprender algo, y todos esperamos que os haya sido divertido, pero he decidido que ya es suficiente. Lo que ha pasado, ha dificultado mucho las actividades productivas y normales de las clases. Y, por supuesto, para eso estamos aquí: para aprender lo más posible todos los días. Bien, ¿ha quedado claro?

La sala permaneció en silencio, pero algunos alumnos contestaron:

—Sí, señora Hiatt.

La directora dijo:

—¿Ha quedado claro para todos?

Esta vez el grupo entero respondió:

—Sí, señora Hiatt.

Pero no hubo ningún despertar súbito de murmullos, ninguna corriente subterránea de charla, ninguna broma ni ninguna risa: nada que se pareciera al comportamiento habitual que daba fama a los Incallables.

El grupo siguió en silencio.

Y la señora Hiatt se percató de algo: sí, todos le habían respondido, todos habían dicho obedientemente "sí, señora Hiatt", pero esa respuesta era una frase de *tres* palabras. Y, ahora, el auditorio se había quedado de nuevo en completo silencio.

En fin, que para comprobar que estaban realmente de acuerdo en lo de comportarse con normalidad, bueno… tenía que conseguir que todos empezaran a hablar… con normalidad.

Pero la directora decidió al instante que aquel no era el momento adecuado para exigirlo. Mejor dejar que los profesores se las entendieran con grupos pequeños, clase a clase.

Por eso sonrió a los alumnos de quinto y dijo:

—Gracias por prestar tanta atención, espero que sea un buen día. Profesores, ya pueden impartir sus clases.

La señora Hiatt observó cómo salían las clases, una a una. Fue una salida muy ordenada. Todos los escolares se comportaban de maravilla.

Pero no le gustaba. Había demasiado silencio.

# Capítulo 17

# ALIANZAS

Mientras se dirigía hacia su primera clase, Dave sintió alivio. Le alegraba que la señora Hiatt hubiera puesto fin a la competición. Le alegraba especialmente no tener que escribir una gran "P" en la frente de Lynsey. O viceversa. Ya podía pensar solo en sus trabajos escolares, porque él era un buen estudiante. Por algo estaba en el grupo superior de mates.

Pero al entrar en el aula de matemáticas, no dirigió la palabra a sus amigos y ellos no se la dirigieron a él. Y las chicas tampoco hablaban. Nadie estaba seguro de que la competición hubiera acabado. Y nadie quería correr riesgos. Dave incluido.

La campanilla sonó y todos ocuparon sus sitios en completo silencio.

La señorita Escobar fue directa al grano:

—Muy bien, alumnos, vamos a seguir con las equivalencias métricas, y, veamos… ¿quién tiene la solución del primer problema de los deberes?

Lynsey levantó la mano y, cuando la profesora asintió, dijo:

—Trescientos doce.

La señorita Escobar frunció el ceño.

—¿Trescientos doce qué?

Lynsey contestó:

—Grados centígrados.

La señorita Escobar se quedó mirando a Lynsey.

—¿Has oído lo que ha dicho la directora hace un momento?

Lynsey asintió.

—¿Lo de que este jueguecito tiene que acabarse?

Lynsey asintió de nuevo, y luego levantó la mano.

La señorita Escobar asintió y Lynsey dijo:

—¿Pero por qué?

—¿Que por qué? —dijo la profesora—. Pues porque no es bueno. Para nadie. Entorpece la clase. Como está ocurriendo ahora mismo. Deberíamos estar hablando de matemáticas, y en lugar de eso hablamos de… no hablar.

Lynsey dijo:

—Matemáticas son números.

—Sí —contestó la señorita Escobar—, pero necesitamos las palabras para explicar cómo usamos los números. Tú lo sabes. Todos lo saben. Así que hay que acabar esto. Ya.

Lynsey se levantó y señaló la pizarra.

—¿Puedo?

La señorita Escobar contestó:

—Adelante.

Con los deberes en una mano y la tiza en la otra, Lynsey escribió las cifras del primer problema y señaló los tres pasos que había dado para resolverlo.

Se volvió hacia la profesora y, cuando ella asintió, dijo:

—¿Cómo está?

La señorita Escobar empezaba a perder los estribos.

—Esto *no* tiene la menor gracia, Lynsey. Sé lo que estás haciendo y *no* pienso tolerarlo. *¡Basta ya!*

Lynsey se quedó de pie junto a la pizarra y señaló el problema.

—¿Está bien?

Otra vez menos de tres palabras.

Dave reconoció la expresión de la profesora. Presagiaba problemas, problemas gordos. Y no solo para Lynsey. Contuvo el aliento, esperando la explosión.

Pero al instante siguiente se sorprendió a sí mismo: levantó la mano.

La señorita Escobar tuvo que apretar los dientes, pero se las apañó para decir:

—¿Sí?

Dave señaló la solución de la pizarra y dijo:

—Lo hice diferente.

Sin pedir permiso, se puso en pie, le quitó la tiza a Lynsey y garabateó su trabajo en el encerado. La solución era la misma, pero él había trabajado con fracciones en vez de con decimales.

La señorita Escobar preguntó:

—¿Cuántos lo han hecho como Dave?

Se levantaron cerca de la mitad de las manos.

—¿Y como Lynsey?

Se levantó la otra mitad.

La profesora asintió.

—Muy bien. ¿Todo el mundo entiende por qué puede resolverse con ambos métodos?

Todos asintieron.

—De acuerdo, he aquí una pregunta más difícil: Kelly, ¿cuál de los dos es el más sencillo, el de Dave o el de Lynsey?

Kelly contestó:

—El de Lynsey.

—¿Sí? —preguntó la profesora—. ¿Y por qué?

—Menos pasos.

La señorita Escobar vio cabezas asintiendo por toda el aula, vio la luz especial que ilumina la cara de los alumnos cuando se produce el milagro de la comprensión.

Sonrió.

—Correcto. Los decimales simplifican los cálculos.

Tyler levantó la mano y dijo:

—Con calculadora sí.

Lo que se ganó las risas de toda la clase.

Y, mientras se reían, Dave y Lynsey cruzaron la mirada durante más o menos medio segundo. No llegó a ser una mirada amistosa, pero se pareció bastante.

Entonces Dave pensó:

"Esto significa que la competición continúa".

Y no supo cómo sentirse al respecto.

La clase pasó sin dificultades el resto de los problemas de conversiones: millas a kilómetros, kilogramos a onzas, acres a hectáreas, y así sucesivamente. Y todos contestaron con tres palabras o menos, o escribiendo las respuestas en la pizarra.

La señorita Escobar sabía que los alumnos no estaban obedeciendo a la señora Hiatt. Sabía que aún contaban las palabras y que guardaban silencio a menos que se les preguntara.

Pero, a decir verdad, en ese momento no le importaba. Estaba en medio de una clase sorprendentemente provechosa, y todos parecían tan concentrados, tan atentos, tan implicados. Comparada con la clase que había impartido a los mismos alumnos veinticuatro horas antes, en fin, como de la noche al día. Y a ella le gustaba mucho más el día.

¿Y qué ocurría en las otras clases de primera hora del miércoles, las clases donde ni Dave ni Lynsey estaban a mano para proporcionar cierto liderazgo?

Cuando empezó la clase de ciencias, la señorita Marlow ya había decidido dar un castigo ejemplar al primer alumno que le respondiera con tres palabras. Y resultó ser Kyle.

—Te he pedido que me hables del orden de los lepidópteros —dijo la profesora.

Kyle asintió y repitió:

—Mariposas y polillas.

—¿Y eso es todo lo que sabes?

Kyle asintió de nuevo.

—Sé bastante más.

Lo que provocó risitas por la clase.

La señorita Marlow agarró un cuaderno y un lápiz, y fue leyendo en alto lo que escribía:

—Estimada señora Hiatt: Kyle se niega a obedecer sus instrucciones. No participa en clase y no...

Kyle levantó la mano y la profesora espetó:

—¿Qué?

—Estoy participando.

—No —contestó ella—, estás usando *deliberadamente* el menor número posible de palabras y estás desobedeciendo a la directora.

Kyle meneó la cabeza.

—Estoy... conservando.

La profesora dijo:

—Qué tontería. Conservar es...

Kyle acabó la frase:

—… no malgastar.

La señorita Marlow lo miró de hito en hito.

—La conservación es para la energía y el agua y el suelo y los bosques. Las palabras no necesitan que se las conserve.

—Quizá sí —dijo Kyle, lo que en él fue toda una hazaña.

Sus compañeros asintieron, estaban de acuerdo con él. Lo que también fue toda una hazaña.

La señorita Marlow sintió que se enfurecía. Sin embargo, era una persona extremadamente lógica, y tuvo que admitir que Kyle tenía cierta razón. Cualquiera que hubiese comido en la sala de profesores o se hubiera sentado en una reunión del claustro tenía que admitir que en cada jornada escolar se malgastaban *un montón* de palabras. ¿Y en aquella interminable cháchara que había hecho tan famosos a los Incallables? Noventa y nueve por ciento de desperdicios.

Pero dijo:

—Sea como sea, la directora ha dicho que todos deben participar en clase con *normalidad*.

Kyle arrugó la cara.

—¿Qué es normal?

La profesora respondió:

—En este caso, hablar como la directora quiere que se hable… como yo quiero que se hable… como habla todo el mundo… con normalidad.

Kyle dijo:

—¿Lo normal cambia?

—Bueno… —y la señorita Marlow hizo una pausa.

Hizo una pausa porque tres días antes habían hablado del cambio climático, y ella explicó que una temperatura normalmente alta de ahora se hubiera considerado anormalmente alta hace un siglo. Y sabía que lo más seguro era que Kyle lo recordara. Quizá lo recordara la clase entera. Era un grupo brillante.

Continuó:

—Puede decirse que sí, pero usar continuamente solo tres palabras no lo es. O no usar ninguna. En el colegio no.

Kyle se encogió de hombros.

—Yo me apaño.

La señorita Marlow recordó todas las veces que la semana anterior había tenido que gritarle a Kyle para que dejara sus continuos murmullos, sus bromas constantes, sus interminables comentarios sobre todo lo que se le pasaba por su nerviosa cabecita. Y lo miró allí, sentado en silencio, prestándole toda su atención. Y todos los demás estaban igual.

Y, súbitamente, la idea de hacer hablar a esos alumnos, de obligarles a ser de nuevo unos parlanchines ruidosos y pendientes de sí mismos, no le pareció nada… lógica.

Así que la señorita Marlow decidió seguir adelante con su clase y adaptarse a la nueva normalidad, porque la *nueva* normalidad era al menos diez veces mejor que la *antigua*.

En ciencias sociales había más exposiciones de trabajos, y la señorita Overby llamó primero a Ed Kanner y a Bill Harkness.

Los chicos se acercaron al frente de la clase, se pusieron codo con codo y ambos miraron las fichas que Bill sostenía.

Ed dijo:

—Italia es antigua.

Entonces Bill dijo:

—El Imperio romano…

Y Ed dijo:

—Gobernó el mundo…

Y Bill dijo:

—Durante muchos siglos.

Y la señorita Overby dijo:

—¿Se puede saber a qué estamos jugando?

Ed contestó:

—Exponemos nuestro trabajo.

Y Bill dijo:

—Sobre Italia.

—No —dijo la profesora—, me doy cuenta de que se sigue jugando a ese juego, el de contar palabras.

—Pero hemos practicado —protestó Ed.

—Estamos preparados —remachó Bill.

Y Ed añadió:

—¿Podemos acabar?

Como los demás profesores que ocupaban el pasillo de quinto, la señorita Overby tuvo que tomar una decisión: o seguirles la corriente, lo que prometía ser muy tranquilo y ordenado, o llamar a la directora, armar un buen jaleo y obligar a esos chavales a recuperar su escandalosa mismidad.

Como estudiante de historia, la señorita Overby conocía la fuerza de los movimientos populares. Y la fuerza de la desobediencia civil.

Pero, sobre todo, decidió que aquella locura de no hablar era en realidad un experimento social muy bueno. Además, no se sentía con ánimos de dejar que los chicos pensaran que ellos ganaban y ella perdía, no era eso. Solo estaban experimentando con una nueva forma de comunicación, juntos. Eso era todo.

Cierto, la exposición de Ed y Bill sobre Italia era entrecortada y rara y un poco difícil de seguir al pasarse el uno al otro la palabra como una pelota de pimpón, pero los chicos habían previsto todo, estaban aprendiendo y la clase entera guardaba silencio y prestaba atención. Y las cinco exposiciones siguientes fueron como la seda. ¿Qué más podía pedir una profesora de sociales?

Así que, como los demás maestros, la señorita Overby escogió el modo silencioso.

Y decidió que hablaría con los otros más tarde para ver qué tal se desenvolvían. Y que también hablaría con la señora Hiatt.

Lengua y literatura era la clase más fácil para los alumnos. El señor Burton ni siquiera trató de que dejaran su "actividad". Si querían estar callados y hablar solo a ráfagas de tres palabras, él estaba totalmente a favor, dijera lo que dijese la poderosa señora Hiatt. Después de todo, esta era su clase, ¿no? Y, si él creía que esa forma de usar las palabras podía proporcionar una buena experiencia educativa en lengua y literatura, ¿acaso no podía seguir adelante con ello? Sí podía. Rotundamente.

Pero no era un insensato. Se acercó al fondo de la clase, asomó la cabeza por la puerta para ver el pasillo, miró hacia ambos lados y después cerró la puerta.

De vuelta al frente de su aula, el señor Burton dijo:

—Eric y Rachel, por favor, que cada uno se siente en una de estas sillas.

Una vez que se sentaron, dijo:

—Vamos a establecer un breve debate entre los dos. Un debate es una discusión ordenada, así que cada uno defenderá opiniones opuestas sobre el mismo tema. La pregunta es: "¿Debería haber máquinas de refrescos en las cafeterías escolares?". Rachel, tú opinarás que sí; Eric, tú que no. Lo haremos por turno… y no se podrán usar más de tres palabras en cada frase. ¿Listos?

Eric y Rachel menearon las cabezas para decir que no.

El señor Burton dijo:

—No hay que preocuparse. Es muy fácil. Tú primero, Eric. Ya puedes empezar.

Eric dijo:

—Refrescos… son malos.

Rachel meneó la cabeza y dijo:

—No malos. Deliciosos.

Eric frunció el ceño:

—Demasiada azúcar.

Rachel dijo:

—Azúcar me gusta.

Eric meneó la cabeza:

—Provoca caries.

Rachel sonrió de oreja a oreja.

—A mí no.

Eric dijo:

—Mejor la leche.

Rachel se encogió de hombros.

—Pruébalos sin azúcar.

Eric dijo:

—Aun así… nutrición.

Rachel levantó el brazo y sacó músculo.

—Yo como verduras.

Eric dijo:

—Pocos lo hacen.

Rachel dijo:

—Me gusta decidir.

Eric dijo:

—Refrescos… son caros.

Rachel extrajo un dólar de su bolsillo.

—Con esto basta.

Eric dijo:

—Gástalo mejor.

Rachel preguntó:

—¿Y la libertad?

Eric meneó la cabeza.

—No en colegio.

Rachel sonrió con suficiencia.

—¡Qué mala noticia!

Y así siguieron durante cinco minutos más, sin interrupción.

Sus compañeros estaban fascinados y, por supuesto, el señor Burton también.

Tomaba notas con frenesí, reproduciendo cada respuesta e intentando recopilar todos los gestos, las expresiones faciales, los tonos de voz.

Los chicos intercambiaban muy pocas palabras pero, mientras intentaban dar forma a sus argumentos, sugerían un montón de ideas. Se exaltaban, y el límite de tres palabras era un impedimento, sin duda. Pero, aun así, decían mucho con muy poco. Era como debatir resumiendo haikus.

También era parecido a escuchar a gente de las cavernas, o quizá a Tarzán: "Hambre, comer ya". Y el señor Burton escribió frases de tres palabras de su propia cosecha que intentaría añadir a su trabajo de Desarrollo Humano:

– Cada palabra cuenta.
– Escoger palabras rotundas.
– Hemingway lo aprobaría.
– Brevedad y concisión.
– Se puede sintetizar.
– Ejemplo: Miles Davis.

Y mientras miraba lo que había escrito, pensó:

"Quizá debería escribir todo el trabajo con frases de tres palabras. ¡Eso sin duda llamaría la atención de mi profesor!".

En música, los alumnos entraron en el aula y se sentaron en silencio, como la tarde anterior. La señorita Akers estaba segura de que los escolares iban a desobedecer las órdenes de la señora Hiatt, y estaba dispuesta a dar los pasos necesarios para detener aquella tontería.

Pero cuando tocó la introducción y se metió de lleno en *Por el río y por el bosque*, todo el mundo cantó de inmediato.

La profesora se quedó estupefacta. Se sintió como si las fuerzas de la ley y el orden hubieran logrado una aplastante victoria; intentaría escribirle a la directora una nota especial para agradecerle su fuerte liderazgo.

No obstante, la charla de la directora no fue la causa directa del cántico.

Taron había escrito una nota muy breve, y se la había pasado a sus compañeros al entrar en clase:

Cantar <u>no</u> es hablar. ¿Vale?

Y, mediante asentimientos, todos acordaron en silencio que flexibilizar un poco las normas era buena idea. Además, nadie quería que la función de Acción de Gracias saliera hecha un asco, y, de todas formas, para entonces la competición ya habría acabado.

Los chicos y las chicas de esa clase de música de primera hora quizá no lo notaron, pero lo importante no fue que todos acordaran cantar. Lo importante fue que se pusieron de acuerdo. Sobre algo. Los chicos y las chicas de quinto del colegio Laketon estaban cooperando y ayudándose unos a otros.

Y lo mismo pasaba en las demás clases. Todos habían unido fuerzas sin percatarse siquiera. Juntos habían resistido las presiones de la directora y de los profesores. Se habían servido del ingenio y se habían asociado para demostrar que no hablar era una actividad inofensiva. No era que chicos y chicas fueran ya colegas ni nada por el estilo, ni era que las burlas y las provocaciones hubieran desaparecido por completo. Es difícil romper con la costumbre.

Pero, aun así, los piojos palmaban a porrillo.

Esa era una de las consecuencias.

Otra consecuencia de las clases matutinas fue que los escolares adquirieron una nueva clase de respeto por sus profesores. Estos demostraban mucho apego por el orden y la autodisciplina. Les encantaba trazar cuidadosos planes y después llevarlos a cabo… es lo que hacían. Y detestaban el ruido y el desorden y los alumnos revoltosos, porque eso les impedía realizar sus meticulosos planes.

No obstante, había un problema enorme con toda la armonía y el orden y el equilibrio y la paz que habían florecido en el pasillo de quinto: la señora

Hiatt no estaba en el ajo. No tenía ni idea de aquel nuevo giro de los acontecimientos.

De hecho, ni siquiera estaba en el colegio esa mañana. Estaba en la junta de distrito, trabajando en el presupuesto del siguiente año. Había dejado al mando a sus leales profesores, para que ellos se encargaran de hacer cumplir sus órdenes.

Pero la señora Hiatt había organizado al milímetro sus reuniones para asegurarse de volver a su puesto a la hora de comer de quinto, porque estaba segura de que a esa hora la necesitarían. Con su megáfono. Para mantener la ley y el orden, como siempre.

Porque la señora Hiatt confiaba por completo en sus profesores.

Estaba segura de que para la hora de comer todo habría vuelto a la… normalidad.

# Capítulo 18

# AVENTURAS EN EL FRENTE

La señora Hiatt volvió a su colegio a las 11.59. Encontró varios mensajes en su escritorio, y la señorita Overby le había pegado a la silla una nota que decía: "Por favor, venga a verme a la sala de profesores".

Pero la directora tenía prisa. Debía llegar a tiempo a la comida de quinto.

Cinco minutos después, por segundo día consecutivo, la señora Hiatt se encontró de pie en medio de una silenciosa cafetería sujetando un megáfono de plástico rojo.

Pero hoy era distinto.

Mirar por el tranquilo comedor y ver a todos aquellos alumnos de quinto desobedeciéndola *deliberadamente*, en fin, la sacó de sus casillas. Y la empujó directamente a la línea de fuego.

Apretó los dientes, y una bruma de ira le llenó la cabeza; sabía que estaba furiosa y sabía que no era bueno estar furiosa, pero lo estaba.

Y sabía que no era bueno estar furiosa e intentar hablar con los niños al mismo tiempo.

Pero fue incapaz de contenerse. Tenía que hablar con ellos. Ya.

Aunque hubiera susurrado, la habrían oído, pero no susurró.

Apretó el gatillo del megáfono.

—¿YA SE HA OLVIDADO LA ASAMBLEA DE ESTA MAÑANA?

La voz de la directora despertó ecos en las paredes.

Los alumnos la miraron fijamente.

Ella apuntó a Dave con el megáfono y tronó:

—DAVID PACKER, CONTÉSTAME: ¿RECUERDAS LO QUE HE DICHO ESTA MAÑANA?

Cuando Dave asintió con la cabeza, ella gritó:

—CONTÉSTAME. CON TU VOZ. EN ALTO.

Así que Dave tragó su primer bocado de macarrones con queso y dijo:

—Lo recuerdo.

Su voz sonó muy bajita. Dave se sintió como el Espantapájaros hablándole al Grande y Poderoso Mago de Oz.

La señora Hiatt dio cinco pasos hacia él y berreó:

—¿ENTONCES POR QUÉ NO ESTÁS HABLANDO CON TUS AMIGOS?

Dave nunca había visto a la señora Hiatt tan enfadada. Y nadie le había gritado nunca con un me-

gáfono. Era injusto. Que le gritaran a uno con esa voz tremebunda. Así que decidió que no iba a sentir miedo, ni enfado, pasara lo que pasara.

Se encogió de hombros y dijo:

—Nada que decir.

Lo que era la estricta verdad. Antes de que la directora se pusiera a gritar, se había sentido de maravilla por el simple hecho de sentarse y comer y pensar.

—¡LEVÁNTATE!

Dave se levantó. Todos sus compañeros le observaban. Y lo mismo hacía la señorita Marlow. Y el conserje. Y el personal de la cafetería.

La señora Hiatt bramó:

—HABLA. TE DIGO QUE HABLES AHORA MISMO. QUIERO OÍR CÓMO LE CUENTAS A TODD TODO LO QUE HAS APRENDIDO EN CLASE ESTA MAÑANA. PONTE A HABLARLE A TODD. AHORA.

Dave no era un chico irritable. Normalmente, no.

De hecho, solo había una cosa que lo sacaba de sus casillas: que lo intimidaran. La única vez que se peleó en el colegio, en segundo, fue porque un chico de quinto empezó a meterse con él. Dave aprendió en aquel momento que a los abusones no se les puede seguir la corriente, porque entonces abusan de ti cada vez más.

Y Dave se sentía igual. Ahora. Empezaba a enfadarse. La señora Hiatt parecía una abusona, una abusona con megáfono.

La directora berreó de nuevo:

—¡HABLA!

Y eso fue el desencadenante. Era el turno de Dave de meterse de lleno en primera línea.

Miró de hito en hito a la señora Hiatt y gritó:

—¡No tengo por qué hablar en este momento si no quiero! ¡Esta es nuestra hora de comer! ¡Ninguno de nosotros tiene la obligación de hablar!

Y, en un destello de inspiración, se le ocurrió una frase, algo que había oído docenas de veces en las series de la tele. Era una frase que solía decirse a los delincuentes esposados, pero eso no importaba en ese momento.

Dave paseó la mirada por sus compañeros y gritó:

—¡Tenemos derecho a guardar silencio!

Y, dicho esto, apretó los labios, se cruzó de brazos y se sentó.

Lynsey fue la primera en captar el lenguaje corporal de Dave. Miró a la señora Hiatt y cruzó lentamente los brazos sobre el pecho. Todas las chicas de su mesa la imitaron.

Y el gesto se extendió por el comedor como las ondas en un estanque. Todos los alumnos clavaron los ojos en la directora, con los brazos cruzados y más callados que un muerto.

La señora Hiatt miró a su alrededor lentamente, se irguió en toda su estatura y salió bruscamente de la sala. Fue por el pasillo hasta la secretaría del colegio, dedicó un asentimiento de cabeza a la señorita Chaplin, la secretaria, y dijo:

—No me pase llamadas.

Después entró en su despacho y cerró la puerta.

En la cafetería reinaba un silencio sepulcral. Los alumnos seguían inmóviles, con los brazos cruzados, sin saber muy bien qué hacer a continuación.

Todd lo empezó.

Descruzó los brazos y asintió en dirección a Dave y se puso a aplaudir. En tres segundos todos y cada uno de los chicos de quinto aplaudían como locos.

Dave miró a sus amigos y sonrió y asintió.

Y un segundo después, ¿supones quienes se unieron a la ovación? Correcto: las chicas.

Y cinco segundos más tarde empezaron los aullidos y los berridos.

La cafetería atronaba. Atronaba de forma *increíble*.

Los aplausos y los gritos de entusiasmo alcanzaron tal volumen que el sonido atravesó las puertas y las paredes, y se precipitó con gran estruendo por el pasillo hasta llegar a la secretaría del colegio, donde traspasó la puerta cerrada del despacho de la señora Abigail Hiatt, directora.

El teléfono del escritorio de la señorita Chaplin zumbó. Llamada interna.

—¿Sí? —contestó. Después escuchó, asintió y dijo—: Ahora mismo.

Se levantó, salió de secretaría y fue por el pasillo hasta la cafetería, que encontró de nuevo en calma.

La señorita Marlow estaba de pie cerca de la puerta, y la señorita Chaplin le susurró algo al oído.

La señorita Marlow asintió y cruzó rápidamente el comedor.

Luego se inclinó al lado de Dave Packer y le susurró:

—A secretaría.

Dave tragó su tercer bocado de macarrones con queso y miró a la profesora de ciencias.

—¿Tengo que ir?

Ella asintió.

—Órdenes de la directora.

Dave miró a sus amigos. Ninguno necesitó decir nada: sus caras lo decían todo. ¿Cuál era el mensaje?

Tres simples palabras, y Dave los creyó:

"¡Eres hombre *muerto*!".

# Capítulo 19

# DISCULPAS

En el suelo del pasillo, entre la cafetería y la secretaría del colegio, había doscientas veintisiete baldosas. Dave contó todas y cada una de ellas para no pensar en lo que se avecinaba, pero de todas formas pensó en ello.

La señorita Chaplin señaló la puerta de la directora.

—Entra directamente.

Dave llamó. Sabía que no era necesario, pero eso le proporcionaba unos segundos más de prórroga.

La señora Hiatt dijo:

—Adelante.

Y Dave pensó:

"Por lo menos no lo ha dicho con el megáfono".

Abrió la puerta. La directora estaba en pie, dándole la espalda y mirando al patio por la ventana.

Dave soltó:

—Lo siento.

Y lo dijo porque sabía que no debería haberle gritado a la directora, aunque tuviera razón. Por-

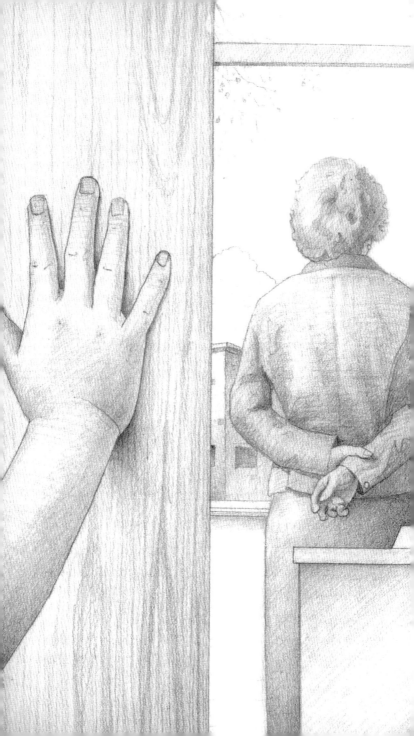

que seguía pensando que la tenía. También se disculpaba porque aún albergaba esperanzas de salvar el pellejo.

La señora Hiatt se dio la vuelta y Dave se quedó impresionado al ver la expresión de su cara. Porque no estaba enfadada. Casi parecía que había estado llorando, y tenía la nariz roja.

La directora meneó la cabeza.

—Para esto te he mandado llamar, así que debo decirlo. Yo he sido quien se ha enfadado, y yo he sido quien ha gritado primero, y he dado un pésimo ejemplo. Por eso espero *que me perdones.*

Dave no podía recordar la última vez que un adulto le había pedido perdón. Y al ver a la directora diciendo que lo sentía, bueno, apenas pudo apañárselas para asentir.

Ella también asintió e hizo una pausa, luego dijo:

—Bien, ¿qué vamos a hacer ahora con esta… situación?

—Este… no sé —dijo Dave.

La directora frunció el ceño.

—Por favor, aquí puedes hablar con libertad. No nos oye ninguno de tus amigos.

Dave meneó la cabeza.

—Código de honor.

La señora Hiatt enarcó las cejas.

—¿Oh? Ah, por supuesto. Admirable. Bueno, quizá puedas responderme a unas preguntas, por empezar de algún modo.

Dave contestó:

—Claro.

—En primer lugar, ¿a qué se debe todo esto? ¿Quién lo empezó?

Dave le dedicó una sonrisa.

—Mahatma Gandhi.

—¿Perdona? —dijo la señora Hiatt.

Dave explicó:

—Dejaba de hablar.

La directora dijo:

—Y alguien quiso probarlo aquí, en el colegio, ¿no?

Dave asintió y se señaló a sí mismo.

—Culpa mía.

—Ya veo —dijo ella—. ¿Cómo supiste lo de Gandhi?

—Trabajo de sociales.

—¿Y por qué dejaba de hablar?

Dave se encogió de hombros.

—Para pensar más.

—Pero aquí el *silencio* no es absoluto, ¿por qué?

Dave pensó un momento y luego dijo:

—Respeto. Al colegio.

Sabía que sonaría a santurrón, pero era cierto. Él y sus amigos no pretendían paralizar las clases. En absoluto.

La señora Hiatt asintió lentamente y exclamó:

—¡Oh!

Parecía haberse quedado sin preguntas.

Y durante esos tres o cuatro segundos de silencio a Dave le asaltó una idea, pero la descartó. Por descabellada.

Pero la idea empezó a rebotarle por la cabeza hasta que se le escapó:

—¿Quiere unirse?

La señora Hiatt apelotonó las cejas.

—¿Qué quieres decir?

—Unirse… no hablar.

Ella miró a Dave como si le hubiera sugerido bailar el hula-hula con una falda de hojas sobre el techo de un autobús escolar.

—No digas tonterías: yo soy la directora. ¿Tienes idea de la cantidad de gente con la que debo hablar? ¿Todos los días?

Dave señaló el cuaderno de su escritorio.

—¿Puedo?

Ella asintió y él escribió:

"Solo puede decir tres palabras seguidas, y solo si un adulto o un profesor le habla primero. Pero usted podría dirigirse primero a los alumnos, porque es una especie de profesora. Y al salir del colegio no hablamos nada de nada: código de honor. Y ya casi se ha acabado... solo dura hasta mañana".

Después Dave sonrió y ella dijo:

—Es... interesante.

La señora Hiatt meneó la cabeza.

—Yo no podría...

Dave levantó la mano como un agente de tráfico.

—¡Alto! Pare: tres.

La señora Hiatt sonrió, y no con sonrisa de directora. Dave lo vio claro. Era una sonrisa de persona de verdad.

Ella sonrió porque vio que Dave le había ofrecido algo importante. Solo cinco minutos antes *ella* se había portado como... como un monstruo. Pero no lo era, en realidad no.

Aun así, se había comportado fatal. Todos los que estaban en la cafetería lo sabían: niños y adultos. Y las noticias vuelan. Por eso necesitaba recordarle a todo el mundo que *no era* un monstruo; y rápido.

Y Dave acababa de ofrecerle la oportunidad de ser humana de nuevo, porque es cosa sabida que los monstruos carecen de sentido del humor.

Arrancó la nota de Dave del cuaderno, se inclinó sobre el escritorio y escribió algo a su vez.

Salió rápidamente del despacho y entregó el papel a la señorita Chaplin.

La secretaria lo leyó velozmente y dijo:

—Y yo que…

La directora levantó un dedo y dijo:

—Mecanografíe.

Luego levantó dos y dijo:

—Fotocopie.

Por último levantó tres y dijo:

—Distribuya.

Y la señorita Chaplin contestó:

—Entendido.

Después, volviéndose hacia Dave, la directora dijo:

—Preparados, listos, ya.

A Dave le daba vueltas la cabeza, pero se las arregló para preguntar:

—¿Adónde?

La directora, que estaba ya en la puerta, contestó por encima del hombro:

—A la cafetería.

# Capítulo 20

# LOS GANADORES

Llegado este momento sería divertido contar cómo siguió Dave a la directora hasta la cafetería y cómo la directora pidió disculpas a todo quinto curso intercambiando frases de tres palabras con Dave, quien también se disculpó.

Y describir las expresiones de las caras de esos alumnos de quinto de la cafetería, por no hablar de las de la señorita Marlow y el resto del personal, eso también sería entretenido.

O sería interesante contar cómo la señora Hiatt convocó una asamblea de todo el colegio cinco minutos después haciendo repicar el intercomunicador general y diciendo:

—¡Todos: auditorio! ¡Rápido!

Y cómo los profesores dispusieron de cinco minutos de asamblea para explicar a sus alumnos de todos los cursos las nuevas reglas para no hablar, y la barahúnda y el desbarajuste que se armó mientras lo hacían, y lo silencioso que se quedó todo cuando la directora anunció:

—¡Silencio empieza… YA!

Y sería instructivo explicar los cambios que hizo la señora Hiatt en las normas para que, desde preescolar hasta cuarto, los niños pudieran competir curso contra curso para ver los que decían la menor cantidad de palabras antirreglamentarias durante las veinticuatro horas siguientes, y por qué pensó que eso era mejor que competir entre chicos y chicas.

Incitaría a la reflexión explicar cómo se sentía Dave con todo esto, cómo se sintió un poco como Gandhi, y cómo la señora Hiatt había sido algo así como el Imperio británico, y que Dave tenía la sensación de haber logrado una gran victoria "con libertad y justicia para todos", incluida la propia señora Hiatt.

¿Y el señor Burton? De él podrían contarse un montón de cosas, porque se puso absolutamente estratosférico. Se pasó las veinticuatro horas siguientes garrapateando notas, sacando fotos y usando un pequeño magnetófono para grabar tantas frases de tres palabras como le fue posible. Recopiló tan buen material que empezó a pensar que no solo podría escribir un trabajo para su curso de Desarrollo Humano, sino un libro entero sobre el modo en que los alumnos y los profesores del Colegio de Educación Primaria Laketon habían cambiado su modo de expresarse, su modo de ver el lenguaje: qué es y cómo funciona, y las muy distintas formas que puede adoptar la comunicación.

Y hablando de desarrollo humano, sería divertido estudiar por qué los más pequeños no pudieron siquiera *imaginar* cómo desenvolverse sin algo tan asombroso y tan poderoso como el habla, ni siquiera durante diez minutos; razón por la cual el curso de preescolar fue dispensado de la actividad.

¿Y el jueves por la mañana? ¿Cuando los chicos informaron de cero meteduras de pata verbales y las chicas, de una sola? Contar las reacciones de Dave y de Lynsey sería revelador.

Y después sería muy entretenido observar los cambios de expresión de la señora Hiatt al guardar una dieta estricta de tres palabras seguidas. El miércoles por la tarde y el jueves por la mañana habló con los padres, con el superintendente, con los directores de otros colegios, con el electricista que acudió a reparar el refrigerador de la leche y, por supuesto, con sus profesores y con cientos de niños, todos los cuales pensaban que disponer de una directora un poco *locatis* molaba un montón.

De hecho, la historia podría dar un salto de una semana o incluso de meses para ver el modo en que los alumnos de quinto acababan el curso siendo conversadores más cuidadosos y más amables. Y pensadores.

Porque hay mucho más que contar. *Siempre* hay más.

Pero, aunque sea tentador, no es el momento de hablar de eso. Es el momento de saltar a la comida de quinto del jueves, justo a ese instante en que la competición *original* llegaba a su fin, justo a ese momento de la verdad donde chicos y chicas se preparaban para comparar sus resultados definitivos.

Porque entre la buena voluntad y las buenas vibraciones que emanaban de la señora Hiatt desde su cambio de actitud, y la emoción de haber logrado cerrarle la boca al colegio entero, pensarás que la competición entre chicos y chicas ya no importaba.

Pues sí importaba.

¿Recuerdas cuando Dave se levantó y le gritó a la directora el miércoles? ¿Crees que nadie se puso a contar? Pues no: todos contaron. Dave había dicho treinta palabras, grandes palabras, valientes y ciertas. Sin embargo… todas menos tres eran antirreglamentarias.

A las 12.14, un minuto antes del final de la competición, la cafetería permanecía en silencio. Todos los alumnos de quinto miraban cómo se aproximaba el segundero a la manecilla grande. Y lo mismo hacían los profesores de quinto. Y la señora Hiatt. Y el conserje. Y la secretaria del colegio, y la enfermera del colegio. Nadie quería perderse aquel momento de la historia de los Incallables.

Dave y Lynsey estaban sentados a la misma mesa, un enfrente del otro, listos para el gran recuento. Dave rebuscó en su bolsillo trasero y sacó las arrugadas fichas con los puntos contra las chicas. Y Lynsey sacó su cuadernito rojo y un lápiz de la mochila, se inclinó sobre él y se puso a garrapatear.

Al mirar hacia abajo, Dave vio algo que sobresalía del bolsillo superior de la mochila de Lynsey: un enorme rotulador permanente, rojo.

Dave no tuvo ninguna dificultad para imaginarse una gran "P" dibujada en la frente, porque ya sabía la puntuación final de ambos equipos y estaba claro que Lynsey también la sabía.

Cuando solo faltaban quince segundos, Lynsey se levantó, miró su cuadernito rojo, respiró hondo y… habló.

—He cambiado por completo de opinión. Sobre los chicos. Habéis cumplido genial el código de honor. ¿Y lo de estar callados? También genial, todos. Así que… gracias.

Y entonces el segundero se puso derecho, y llegaron las doce y cuarto, y la competición concluyó.

Se desató un griterío que estuvo a punto de arrancar las baldosas del suelo. Los alumnos se levantaron de un salto y corrieron y empezaran a formar corrillos y a pegar brincos con grupos de amigos y a parlotear mucho más rápido y más alto de lo que sería de desear en un ser humano, y se rieron y asintieron y le contaron a todo el mundo *todo* lo que sentían y pensaban.

Y, cuanto más alboroto había, más alto tenía que hablar todo el mundo para hacerse oír sobre el clamor en alza, y el volumen subió y subió hasta el punto en que los perros salen corriendo a meter la cabeza debajo del sofá.

Y entre la explosión de ruido y alegría y confusión, Lynsey le gritó a Dave:

—¡¿Cuál es el recuento oficial?!

Dave asintió, hizo bocina sobre la boca con las manos y chilló:

—¡Cuarenta y siete! ¡En contra de las chicas!

Lynsey miró en su cuaderno. No trató de hablar, había demasiado ruido. Dio la vuelta al cuaderno y señaló la cifra rodeada por un círculo de la parte inferior de la hoja. Setenta y cuatro en contra de los chicos: una enorme derrota.

Lynsey le dedicó una sonrisita extraña, y Dave se preparó para las burlas que se le venían encima. Ella gritó:

—¡¿No lo has contado?!

Él se quedó confuso.

—¡¿Contado?! ¡¿El qué?!

Lynsey gritó tan alto como pudo:

—¡Lo que he dicho, al final!

Dave meneó la cabeza.

—¡¿El qué?!

El ruido era ensordecedor.

Lynsey pasó una hoja y volvió el cuaderno para que Dave lo viera. Y allí estaba su pequeño discurso, escrito palabra por palabra. La última era "gracias", y sobre ella había un número: veintisiete.

Dave asintió lentamente, miró el discurso y vio lo que Lynsey había hecho. Él hizo cálculos mentales... "siete y siete catorce y me llevo una...", Lynsey había logrado que la competición acabara en la suma exacta de setenta y cuatro puntos para cada equipo.

¿Y su guerra privada? ¿Lo de ver quién etiquetaba al otro de perdedor?

Otro empate: esas veintisiete palabras antirreglamentarias compensaban las que él le había dicho a la señora Hiatt.

¿Todo era perfecto? Claro que sí. ¿Había hecho trampas Lynsey para aumentar la puntuación de las chicas? Sin duda. ¿Se llevaría a cabo una investigación exhaustiva? Poco probable.

Dave siguió mirando el cuaderno. El discurso de Lynsey estaba lleno de tachones y de cambios. Había escogido las palabras con mucho cuidado, contándolas bien.

Dave quería decirle:

"Estoy en deuda contigo, pero mogollón".

También quería decirle:

"Supongo que soy bastante idiota, ¿no?".

Y, más que nada, quería decirle lo que ella había dicho ya: "Gracias".

Pero Dave y Lynsey se limitaron a quedarse sentados en la ruidosa cafetería, sonriéndose el uno al otro, sin decir nada.

Ni palabra.